HÉSIODE ÉDITIONS

BALZAC

Honorine

Hésiode éditions

© Hésiode éditions.

1 rue Honoré - 93500 Pantin.
ISBN 978-2-38512-068-9
Dépôt légal : Octobre 2022

Impression Books on Demand GmbH

In de Tarpen 42
22848 Norderstedt, Allemagne

Honorine

Si les Français ont autant de répugnance que les Anglais ont de propension pour les voyages, peut-être les Français et les Anglais ont-ils raison de part et d'autre. On trouve partout quelque chose de meilleur que l'Angleterre, tandis qu'il est excessivement difficile de retrouver loin de la France les charmes de la France. Les autres pays offrent d'admirables paysages, ils présentent souvent un comfort supérieur à celui de la France, qui fait les plus lents progrès en ce genre. Ils déploient quelquefois une magnificence, une grandeur, un luxe étourdissants ; ils ne manquent ni de grâce ni de façons nobles ; mais la vie de tête, l'activité d'idées, le talent de conversation et cet atticisme si familiers à Paris ; mais cette soudaine entente de ce qu'on pense et de ce qu'on ne dit pas, ce génie du sous-entendu, la moitié de la langue française, ne se rencontrent nulle part. Aussi le Français, dont la raillerie est déjà si peu comprise, se dessèche-t-il bientôt à l'étranger, comme un arbre déplanté. L'émigration est un contre-sens chez la nation française. Beaucoup de Français, de ceux dont il est ici question, avouent avoir revu les douaniers du pays natal avec plaisir, ce qui peut sembler l'hyperbole la plus osée du patriotisme.

Ce petit préambule a pour but de rappeler à ceux des Français qui ont voyagé le plaisir excessif qu'ils ont éprouvé quand, parfois, ils ont retrouvé toute la patrie, une oasis dans le salon de quelque diplomate ; plaisir que comprendront difficilement ceux qui n'ont jamais quitté l'asphalte du boulevard des Italiens, et pour qui la ligne des quais, rive gauche, n'est déjà plus Paris. Retrouver Paris ! savez-vous ce que c'est, ô Parisiens ! C'est retrouver, non pas la cuisine du Rocher de Cancale, comme Borel la soigne pour les gourmets qui savent l'apprécier, car elle ne se fait que rue Montorgueil, mais un service qui la rappelle ! C'est retrouver les vins de France qui sont à l'état mythologique hors de France, et rares comme la femme dont il sera question ici ! C'est retrouver non pas la plaisanterie à la mode, car de Paris à la frontière elle s'évente ; mais ce milieu spirituel, compréhensif, critique, où vivent les Français depuis le poëte jusqu'à l'ouvrier, depuis la duchesse jusqu'au gamin.

En 1836, pendant le séjour de la cour de Sardaigne à Gênes, deux Parisiens, plus ou moins célèbres, purent encore se croire à Paris, en se trouvant dans un palais loué par le Consul-Général de France, sur la colline, dernier pli que fait l'Apennin entre la porte Saint-Thomas et cette fameuse lanterne qui, dans les keepsakes, orne toutes les vues de Gênes. Ce palais est une de ces fameuses villas où les nobles Génois ont dépensé des millions au temps de la puissance de cette république aristocratique. Si la demi-nuit est belle quelque part, c'est assurément à Gênes, quand il a plu comme il y pleut, à torrents, pendant toute la matinée ; quand la pureté de la mer lutte avec la pureté du ciel ; quand le silence règne sur le quai et dans les bosquets de cette villa, dans ses marbres à bouches béantes d'où l'eau coule avec mystère ; quand les étoiles brillent, quand les flots de la Méditerranée se suivent comme les aveux d'une femme à qui vous les arrachez parole à parole. Avouons-le, cet instant où l'air embaumé parfume les poumons et les rêveries, où la volupté, visible et mobile comme l'atmosphère, vous saisit sur vos fauteuils, alors qu'une cuiller à la main vous effilez des glaces ou des sorbets, une ville à vos pieds, de belles femmes devant vous ; ces heures à la Boccace ne se trouvent qu'en Italie et aux bords de la Méditerranée. Supposez autour de la table le marquis di Negro, ce frère hospitalier de tous les talents qui voyagent, et le marquis Damaso Pareto, deux Français déguisés en Génois, un Consul-Général entouré d'une femme belle comme une madone et de deux enfants silencieux, parce que le sommeil les a saisis, l'ambassadeur de France et sa femme, un premier secrétaire d'ambassade qui se croit éteint et malicieux, enfin deux Parisiens qui viennent prendre congé de la consulesse dans un dîner splendide, vous aurez le tableau que présentait la terrasse de la villa vers la mi-mai, tableau dominé par un personnage, par une femme célèbre sur laquelle les regards se concentrent par moments, et l'héroïne de cette fête improvisée. L'un des deux Français était le fameux paysagiste Léon de Lora, l'autre un célèbre critique, Claude Vignon. Tous deux ils accompagnaient cette femme, une des illustrations actuelles du beau sexe, mademoiselle des Touches, connue sous le nom de Camille Maupin dans le monde littéraire. Mademoiselle des Touches était allée à Florence pour affaire. Par une de ces charmantes complaisances qu'elle prodigue, elle avait emmené Léon de Lora pour lui montrer l'Italie, et avait poussé jusqu'à Rome pour lui montrer la campagne de Rome. Venue par le Simplon, elle revenait par le chemin de la Corniche à Marseille. Toujours à cause du paysagiste, elle s'était arrêtée à Gênes. Naturellement le Consul-Général avait voulu faire, avant l'arrivée de la cour, les honneurs de Gênes à une personne que sa fortune, son nom et sa position recommandent autant que son talent. Camille Maupin, qui connaissait Gênes jusque dans ses dernières chapelles, laissa son paysagiste aux soins du diplomate, à ceux des deux marquis génois, et fut avare de ses instants. Quoique l'ambassadeur fût un écrivain très distingué, la femme célèbre refusa de se prêter à ses gracieusetés, en craignant ce que les Anglais appellent une exhibition ; mais elle rentra les griffes de ses refus dès qu'il fut question d'une journée d'adieu à la villa du consul. Léon de Lora dit à Camille que sa présence à la villa était la seule manière qu'il eût de remercier l'ambassadeur et sa femme, les deux marquis génois, le consul et la consulesse. Mademoiselle des Touches fit alors le sacrifice d'une de ces journées de liberté complète qui ne se rencontrent pas toujours à Paris pour ceux sur qui le monde a les yeux.

Maintenant, une fois la réunion expliquée, il est facile de concevoir que l'étiquette en avait été bannie, ainsi que beaucoup de femmes et des plus élevées, curieuses de savoir si la virilité du talent de Camille Maupin nuisait aux grâces de la jolie femme, et si, en un mot, le haut-de-chausses dépassait la jupe. Depuis le dîner jusqu'à neuf heures, moment où la collation fut servie, si la conversation avait été rieuse et grave tour à tour, sans cesse égayée par les traits de Léon de Lora, qui passe pour l'homme le plus malicieux du Paris actuel, par un bon goût qui ne surprendra pas d'après le choix des convives, il avait été peu question de littérature ; mais enfin le papillonnement de ce tournoi français devait y arriver, ne fût-ce que pour effleurer ce sujet essentiellement national. Mais avant d'arriver au tournant de conversation qui fit prendre la parole au Consul-Général, il n'est pas inutile de dire un mot sur sa famille et sur lui.

Ce diplomate, homme d'environ trente-quatre ans, marié depuis six ans, était le portrait vivant de lord Byron. La célébrité de cette physionomie dispense de peindre celle du consul. On peut cependant faire observer qu'il n'y avait aucune affectation dans son air rêveur. Lord Byron était poëte, et le diplomate était poétique ; les femmes savent reconnaître cette différence qui explique, sans les justifier, quelques-uns de leurs attachements. Cette beauté, mise en relief par un charmant caractère, par les habitudes d'une vie solitaire et travailleuse, avait séduit une héritière génoise. Une héritière génoise ! cette expression pourra faire sourire à Gênes où par suite de l'exhérédation des filles, une femme est rarement riche ; mais Onorina Pedrotti, l'unique enfant d'un banquier sans héritiers mâles, est une exception. Malgré toutes les flatteries que comporte une passion inspirée, le Consul-Général ne parut pas vouloir se marier. Néanmoins, après deux ans d'habitation, après quelques démarches de l'ambassadeur pendant les séjours de la cour à Gênes, le mariage fut conclu. Le jeune homme rétracta ses premiers refus, moins à cause de la touchante affection d'Onorina Pedrotti qu'à cause d'un événement inconnu, d'une de ces crises de la vie intime si promptement ensevelies sous les courants journaliers des intérêts, que plus tard, les actions les plus naturelles semblent inexplicables. Cet enveloppement des causes affecte aussi très souvent les événements les plus sérieux de l'histoire. Telle fut du moins l'opinion de la ville de Gênes, où, pour quelques femmes, l'excessive retenue, la mélancolie du consul français ne s'expliquaient que par le mot passion. Remarquons en passant que les femmes ne se plaignent jamais d'être les victimes d'une préférence, elles s'immolent très bien à la cause commune. Onorina Pedrotti, qui peut-être aurait haï le consul si elle eût été dédaignée absolument, n'en aimait pas moins, et peut-être plus, suo sposo, en le sachant amoureux. Les femmes admettent la préséance dans les affaires de cœur. Tout est sauvé, dès qu'il s'agit du sexe. Un homme n'est jamais diplomate impunément : le sposo fut discret comme la tombe, et si discret que les négociants de Gênes voulurent voir quelque préméditation dans l'attitude du jeune consul, à qui l'héritière eût peut-être échappé s'il n'eût pas joué ce rôle de Malade Imaginaire en amour. Si c'était la vérité, les femmes la trouvèrent trop dégradante pour y croire. La fille de Pedrotti fit de son amour une consolation, elle berça ces douleurs inconnues dans un lit de tendresses et de caresses italiennes. Il signor Pedrotti n'eut pas d'ailleurs à se plaindre du choix auquel il était contraint par sa fille bien-aimée. Des protecteurs puissants veillaient de Paris sur la fortune du jeune diplomate. Selon la promesse de l'ambassadeur au beau-père, le Consul-Général fut créé baron et fait commandeur de la Légion-d'Honneur. Enfin, il signor Pedrotti fut nommé comte par le roi de Sardaigne. La dot fut d'un million. Quant à la fortune de la casa Pedrotti, évaluée à deux millions gagnés dans le commerce des blés, elle échut aux mariés six mois après leur union, car le premier et le dernier des comtes Pedrotti mourut en janvier 1831. Onorina Pedrotti est une de ces belles Génoises, les plus magnifiques créatures de l'Italie, quand elles sont belles. Pour le tombeau de Julien, Michel-Ange prit ses modèles à Gênes. De là vient cette amplitude, cette curieuse disposition du sein dans les figures du Jour et de la Nuit, que tant de critiques trouvent exagérées, mais qui sont particulières aux femmes de la Ligurie. À Gênes, la beauté n'existe plus aujourd'hui que sous le mezzaro, comme à Venise elle ne se rencontre que sous les fazzioli. Ce phénomène s'observe chez toutes les nations ruinées. Le type noble ne s'y trouve plus que dans le peuple, comme, après l'incendie des villes, les médailles se cachent dans les cendres. Mais déjà tout exception sous le rapport de la fortune, Onorina est encore une exception comme beauté patricienne. Rappelez-vous donc la Nuit que Michel-Ange a clouée sous le Penseur, affublez-la du vêtement moderne, tordez ces beaux cheveux si longs autour de cette magnifique tête un peu brune de ton, mettez une paillette de feu dans ces yeux rêveurs, entortillez cette puissante poitrine dans une écharpe, voyez la longue robe blanche brodée de fleurs, supposez que la statue redressée s'est assise et s'est croisé les bras, semblables à ceux de mademoiselle Georges, et vous aurez sous les yeux la consulesse avec un enfant de six ans, beau comme le désir d'une mère, et une petite fille de quatre ans sur les genoux, belle comme un type d'enfant laborieusement cherché par David le sculpteur pour l'ornement d'une tombe. Ce beau ménage fut l'objet de l'attention secrète de Camille. Mademoiselle des Touches trouvait au consul un air un peu trop distrait chez un homme parfaitement heureux. Quoique pendant cette journée la femme et le mari lui eussent offert le spectacle admirable du bonheur le plus entier, Camille se demandait pourquoi l'un des hommes les plus distingués qu'elle eût rencontrés, et qu'elle avait vu dans les salons à Paris, restait Consul-Général à Gênes, quand il possédait une fortune de cent et quelques mille francs de rentes ! Mais elle avait aussi reconnu, par beaucoup de ces riens que les femmes ramassent avec l'intelligence du sage arabe dans Zadig, l'affection la plus fidèle chez le mari. Certes, ces deux beaux êtres s'aimeraient sans mécompte jusqu'à la fin de leurs jours. Camille se disait donc tour à tour : « – Qu'y a-t-il ? – Il n'y a rien ! » selon les apparences trompeuses du maintien chez le Consul-Général qui, disons-le, possédait le calme absolu des Anglais, des sauvages, des Orientaux et des diplomates consommés.

En parlant littérature, on parla de l'éternel fonds de boutique de la république des lettres : la faute de la femme ! Et l'on se trouva bientôt en présence de deux opinions : qui, de la femme ou de l'homme, avait tort dans la faute de la femme ? Les trois femmes présentes, l'ambassadrice, la consulesse et mademoiselle des Touches, ces femmes censées naturellement irréprochables, furent impitoyables pour les femmes. Les hommes essayèrent de prouver à ces trois belles fleurs du sexe qu'il pouvait rester des vertus à une femme après sa faute.

– Combien de temps allons-nous jouer ainsi à cache-cache ! dit Léon de Lora.

– Cara vita (ma chère vie), allez coucher vos enfants, et envoyez-moi par Gina le petit porte-feuille noir qui est sur mon meuble de Boule, dit le Consul à sa femme.

La consulesse se leva sans faire une observation, ce qui prouve qu'elle aimait bien son mari, car elle connaissait assez de français déjà pour savoir que son mari la renvoyait.

– Je vais vous raconter une histoire dans laquelle je joue un rôle, et après laquelle nous pourrons discuter, car il me paraît puéril de promener le scalpel sur un mort imaginaire. Pour disséquer, prenez d'abord un cadavre.

Tout le monde se posa pour écouter avec d'autant plus de complaisance que chacun avait assez parlé, la conversation allait languir, et ce moment est l'occasion que doivent choisir les conteurs. Voici donc ce que raconta le Consul-Général.

– À vingt-deux ans, une fois reçu docteur en Droit, mon vieil oncle, l'abbé Loraux, alors âgé de soixante-douze ans, sentit la nécessité de me donner un protecteur et de me lancer dans une carrière quelconque. Cet excellent homme, si toutefois ce ne fut pas un saint, regardait chaque nouvelle année comme un nouveau don de Dieu. Je n'ai pas besoin de vous dire combien il était facile au confesseur d'une Altesse Royale de placer un jeune homme élevé par lui, l'unique enfant de sa sœur. Un jour donc, vers la fin de l'année 1824, ce vénérable vieillard, depuis cinq ans curé des Blancs-Manteaux à Paris, monta dans la chambre que j'occupais à son presbytère, et me dit : – « Fais ta toilette, mon enfant, je vais te présenter à la personne qui te prend chez elle en qualité de secrétaire. Si je ne me trompe, cette personne pourra me remplacer dans le cas où Dieu m'appellerait à lui. J'aurai dit ma messe à neuf heures, tu as trois quarts d'heure à toi, sois prêt. – Ah ! mon oncle, dois-je donc dire adieu à cette chambre où je suis si heureux depuis quatre ans ?... – Je n'ai pas de fortune à te léguer, me répondit-il. – Ne me laissez-vous pas la protection de votre nom, le souvenir de vos œuvres, et... ? – Ne parlons pas de cet héritage-là, dit-il en souriant. Tu ne connais pas encore assez le monde pour savoir qu'il acquitterait difficilement un legs de cette nature, tandis qu'en te menant ce matin chez monsieur le comte...

(Permettez-moi, dit le Consul, de vous désigner mon protecteur sous son nom de baptême seulement, et de l'appeler le comte Octave.)

— Tandis qu'en te menant chez monsieur le comte Octave, je crois te donner une protection qui, si tu plais à ce vertueux homme d'État, comme je n'en doute pas, équivaudra certes à la fortune que je t'aurais amassée, si la ruine de mon beau-frère et la mort de ma sœur ne m'avaient surpris comme un coup de foudre par un jour serein — Êtes-vous le confesseur de monsieur le comte ? — Et, si je l'étais, pourrais-je t'y placer ? Quel est le prêtre capable de profiter des secrets dont la connaissance lui vient au tribunal de la pénitence ? Non, tu dois cette protection à Sa Grandeur le Garde des Sceaux. Mon cher Maurice, tu seras là comme chez un père. Monsieur le comte te donne deux mille quatre cents francs d'appointements fixes, un logement dans son hôtel, et une indemnité de douze cents francs pour ta nourriture : il ne t'admettra pas à sa table et ne veut pas te faire servir à part, afin de ne point te livrer à des soins subalternes. Je n'ai pas accepté l'offre qu'on m'a faite avant d'avoir acquis la certitude que le secrétaire du comte Octave ne sera jamais un premier domestique. Tu seras accablé de travaux, car le comte est un grand travailleur ; mais tu sortiras de chez lui capable de remplir les plus hautes places. Je n'ai pas besoin de te recommander la discrétion, la première vertu des hommes qui se destinent à des fonctions publiques. » Jugez quelle fut ma curiosité ! Le comte Octave occupait alors l'une des plus hautes places de la magistrature, il possédait la confiance de madame la Dauphine qui venait de le faire nommer Ministre-d'État, il menait une existence à peu près semblable à celle du comte de Sérizy, que vous connaissez, je crois, tous ; mais plus obscure, car il demeurait au Marais, rue Payenne, et ne recevait presque jamais. Sa vie privée échappait au contrôle du public par une modestie cénobitique et par un travail continu. Laissez-moi vous peindre en peu de mots ma situation. Après avoir trouvé dans le grave proviseur du collége Saint-Louis un tuteur à qui mon oncle avait délégué ses pouvoirs, j'avais fini mes classes à dix-huit ans. J'étais sorti de ce collége aussi pur qu'un séminariste plein de foi sort de Saint-Sulpice. À son lit de mort, ma mère avait obtenu de mon oncle que je ne serais pas prêtre ; mais j'étais aussi pieux que si j'avais dû entrer dans les Ordres. Au déjucher du collége, pour employer un vieux mot très pittoresque, l'abbé Loraux me prit dans sa cure et me fit faire mon Droit. Pendant les quatre années d'études voulues pour prendre tous les grades, je travaillai beaucoup et surtout en dehors des champs arides de la jurisprudence. Sevré de littérature au collége, où je demeurais chez le proviseur, j'avais une soif à étancher. Dès que j'eus lu quelques-uns des chefs-d'œuvre modernes, les œuvres de tous les siècles précédents y passèrent. Je devins fou du théâtre, j'y allai tous les jours pendant longtemps, quoique mon oncle ne me donnât que cent francs par mois. Cette parcimonie, à laquelle sa tendresse pour les pauvres réduisait ce bon vieillard, eut pour effet de contenir les appétits du jeune homme en de justes bornes. Au moment d'entrer chez le comte Octave, je n'étais pas un innocent, mais je regardais comme autant de crimes mes rares escapades. Mon oncle était si vraiment angélique, je craignais tant de le chagriner, que jamais je n'avais passé de nuit dehors durant ces quatre années. Ce bon homme attendait, pour se coucher, que je fusse rentré. Cette sollicitude maternelle avait plus de puissance pour me retenir que tous les sermons et les reproches dont on émaille la vie des jeunes gens dans les familles puritaines. Étranger aux différents mondes qui composent la société parisienne, je ne savais des femmes comme il faut et des bourgeoises que ce que j'en voyais en me promenant, ou dans les loges au théâtre, et encore à la distance du parterre où j'étais. Si, dans ce temps, on m'eût dit : « Vous allez voir Canalis ou Camille Maupin, » j'aurais eu des brasiers dans la tête et dans les entrailles. Les gens célèbres étaient pour moi comme des dieux qui ne parlaient pas, ne marchaient pas, ne mangeaient pas comme les autres hommes. Combien de contes des Mille et une Nuits tient-il dans une adolescence ?... Combien de Lampes Merveilleuses faut-il avoir maniées avant de reconnaître que la vraie Lampe Merveilleuse est ou le hasard, ou le travail, ou le génie ? Pour quelques hommes, ce rêve fait par l'esprit éveillé dure peu ; le mien dure encore ! Dans ce temps je m'endormais toujours grand-duc de Toscane, – millionnaire, – aimé par une princesse, – ou célèbre ! Ainsi, entrer chez le comte Octave, avoir cent louis à moi par an, ce fut entrer dans la vie indépendante. J'entrevis quelques chances de pénétrer dans la société, d'y chercher ce que mon cœur désirait le plus, une protectrice qui me tirât de la voie dangereuse où s'engagent nécessairement à Paris les jeunes gens de vingt-deux ans, quelque sages et bien élevés qu'ils soient. Je commençais à me craindre moi-même. L'étude obstinée du Droit des Gens, dans laquelle je m'étais plongé, ne suffisait pas toujours à réprimer de cruelles fantaisies. Oui, parfois je m'abandonnais en pensée à la vie du théâtre ; je croyais pouvoir être un grand acteur ; je rêvais des triomphes et des amours sans fin, ignorant les déceptions cachées derrière le rideau, comme partout ailleurs, car toute scène a ses coulisses. Je suis quelquefois sorti, le cœur bouillant, emmené par le désir de faire une battue dans Paris, de m'y attacher à une belle femme que je rencontrerais, de la suivre jusqu'à sa porte, de l'espionner, de lui écrire, de me confier à elle tout entier, et de la vaincre à force d'amour. Mon pauvre oncle, ce cœur dévoré de charité, cet enfant de soixante-dix ans, intelligent comme Dieu, naïf comme un homme de génie, devinait sans doute les tumultes de mon âme, car jamais il ne faillit à me dire : « Va, Maurice, tu es un pauvre aussi ! voici vingt francs, amuse-toi, tu n'es pas prêtre ! » quand il sentait la corde par laquelle il me tenait trop tendue et près de se rompre. Si vous aviez pu voir le feu follet qui dorait alors ses yeux gris, le sourire qui dénouait ses aimables lèvres en les tirant vers les coins de sa bouche, enfin l'adorable expression de ce visage auguste dont la laideur primitive était rectifiée par un esprit apostolique, vous comprendriez le sentiment qui me faisait, pour toute réponse, embrasser le curé des Blancs-Manteaux, comme si c'eût été ma mère. – « Tu n'auras pas un maître, me dit mon oncle en allant rue Payenne, tu auras un ami dans le comte Octave ; mais il est défiant, ou, pour parler plus correctement, il est prudent. L'amitié de cet homme d'État ne doit s'acquérir qu'avec le temps ; car, malgré sa perspicacité profonde et son habitude de juger les hommes, il a été trompé par celui à qui tu succèdes, il a failli devenir victime d'un abus de confiance. C'est t'en dire assez sur la conduite à tenir chez lui. » En frappant à l'immense grande porte d'un hôtel aussi vaste que l'hôtel Carnavalet et sis entre cour et jardin, le coup retentit comme dans une solitude. Pendant que mon oncle demandait le comte à un vieux suisse en livrée, je jetai un de ces regards qui voient tout sur la cour où les pavés disparaissaient entre les herbes, sur les murs noirs qui offraient de petits jardins au-dessus de toutes les décorations d'une charmante architecture, et sur des toits élevés comme ceux des Tuileries. Les balustres des galeries supérieures étaient rongés. Par une magnifique arcade, j'aperçus une seconde cour latérale où se trouvaient les communs dont les portes se pourrissaient. Un vieux cocher y nettoyait une vieille voiture. À l'air nonchalant de ce domestique, il était facile de présumer que les somptueuses écuries où tant de chevaux hennissaient autrefois, en logeaient tout au plus deux. La superbe façade de la cour me sembla morne, comme celle d'un hôtel appartenant à l'État ou à la Couronne, et abandonné à quelque service public. Un coup de cloche retentit pendant que nous allions, mon oncle et moi, de la loge du suisse (il y avait encore écrit au-dessus de la porte : Parlez au suisse) vers le perron, d'où sortit un valet dont la livrée ressemblait à celle des Labranche du Théâtre-Français dans le vieux répertoire. Une visite était si rare, que le domestique achevait d'endosser sa casaque, en ouvrant une porte vitrée en petits carreaux, de chaque côté de laquelle la fumée de deux réverbères avait dessiné des étoiles sur la muraille. Un péristyle d'une magnificence digne de Versailles laissait voir un de ces escaliers comme il ne s'en construira plus en France, et qui tiennent la place d'une maison moderne. En montant des marches en pierre, froides comme des tombes, et sur lesquelles huit personnes devaient marcher de front, nos pas retentissaient sous des voûtes sonores. On pouvait se croire dans une cathédrale. Les rampes amusaient le regard par les miracles de cette orfévrerie de serrurier, où se déroulaient les fantaisies de quelque artiste du règne de Henri III. Saisis par un manteau de glace qui nous tomba sur les épaules, nous traversâmes des antichambres, des salons en enfilade, parquetés, sans tapis, meublés de ces vieilleries superbes qui, de là, retombent chez les marchands de curiosités. Enfin nous arrivâmes à un grand cabinet situé dans un pavillon en équerre dont toutes les croisées donnaient sur un vaste jardin. – « Monsieur le curé des Blancs-Manteaux et son neveu, monsieur de L'Hostal ! » dit le Labranche aux soins de qui le valet de théâtre nous avait remis à la première antichambre. Le comte Octave, vêtu d'un pantalon à pieds et d'une redingote en molleton gris, se leva d'un immense bureau, vint à la cheminée, et me fit signe de m'asseoir, en allant prendre les mains à mon oncle et en les lui serrant. – « Quoique je sois sur la paroisse de Saint-Paul, lui dit-il, il est difficile que je n'aie pas entendu parler du curé des Blancs-Manteaux, et je suis heureux de faire sa connaissance. – Votre Excellence est bien bonne, répondit mon oncle. Je vous amène le seul parent qui me reste. Si je crois faire un cadeau à Votre Excellence, je pense aussi donner un second père à mon neveu. – C'est sur quoi je pourrai vous répondre, monsieur l'abbé, quand nous nous serons éprouvés l'un l'autre, votre neveu et moi, dit le comte Octave. Vous vous nommez ? me demanda-t-il. – Maurice. – Il est Docteur en Droit, fit observer mon oncle. – Bien, bien, dit le comte en me regardant de la tête aux pieds. – Monsieur l'abbé, j'espère que, pour votre neveu d'abord, puis pour moi, vous me ferez l'honneur de venir dîner ici tous les lundis. Ce sera notre dîner, notre soirée de famille. » Mon oncle et le comte se mirent à causer religion au point de vue politique, œuvres de charité, répression des délits, et je pus alors examiner à mon aise l'homme de qui ma destinée allait dépendre. Le comte était de moyenne taille, il me fut impossible de juger de ses proportions à cause de son habillement ; mais il me parut maigre et sec. La figure était âpre et creusée. Les traits avaient de la finesse. La bouche, un peu grande, exprimait à la fois l'ironie et la bonté. Le front, trop vaste peut-être, effrayait comme si c'eût été celui d'un fou, d'autant plus qu'il contrastait avec le bas de la figure, terminée brusquement par un petit menton très rapproché de la lèvre inférieure. Deux yeux d'un bleu de turquoise, vifs et intelligents comme ceux du prince de Talleyrand que j'admirai plus tard, également doués, comme ceux du prince, de la faculté de se taire au point de devenir mornes, ajoutaient à l'étrangeté de cette face, non point pâle, mais jaune. Cette coloration semblait annoncer un caractère irritable et des passions violentes. Les cheveux, argentés déjà, peignés avec soin, sillonnaient la tête par les couleurs alternées du blanc et du noir. La coquetterie de cette coiffure nuisait à la ressemblance que je trouvais au comte avec ce moine extraordinaire que Lewis a mis en scène d'après le Schedoni du Confessionnal des Pénitents noirs qui, selon moi, me paraît une création supérieure à celle du Moine. En homme qui devait se rendre de bonne heure au Palais, le comte avait déjà la barbe faite. Deux flambeaux à quatre branches et garnis d'abat-jours, placés aux deux extrémités du bureau, et dont les bougies brûlaient encore, disaient assez que le magistrat se levait bien avant le jour. Ses mains, que je vis quand il prit le cordon de la sonnette pour faire venir son valet de chambre, étaient fort belles, et blanches comme des mains de femme…

(– En vous racontant cette histoire, dit le Consul-Général qui s'interrompit, je dénature la position sociale et les titres de ce personnage, tout en vous le montrant dans une situation analogue à la sienne. État, dignité, luxe, fortune, train de vie, tous ces détails sont vrais ; mais je ne veux manquer ni à mon bienfaiteur ni à mes habitudes de discrétion.)

– Au lieu de me sentir ce que j'étais, reprit le Consul-Général après une pause, socialement parlant, un insecte devant un aigle, j'éprouvai je ne sais quel sentiment indéfinissable à l'aspect du comte, et que je puis expliquer aujourd'hui. Les artistes de génie…

(Il s'inclina gracieusement devant l'ambassadeur, la femme célèbre et les deux Parisiens.)

… Les véritables hommes d'État, les poëtes, un général qui a commandé des armées, enfin les personnes réellement grandes sont simples ; et leur simplicité vous met de plain-pied avec elles. Vous qui êtes supérieurs par la pensée, peut-être avez-vous remarqué, dit-il en s'adressant à ses hôtes, combien le sentiment rapproche les distances morales qu'a créées la Société. Si nous vous sommes inférieurs par l'esprit, nous pouvons vous égaler par le dévouement en amitié. À la température (passez-moi ce mot) de nos cœurs, je me sentis aussi près de mon protecteur que j'étais loin de lui par le rang. Enfin, l'âme a sa clairvoyance, elle pressent la douleur, le chagrin, la joie, l'animadversion, la haine chez autrui. Je reconnus vaguement les symptômes d'un mystère, en reconnaissant chez le comte les mêmes effets de physionomie que j'avais observés chez mon oncle. L'exercice des vertus, la sérénité de la conscience, la pureté de la pensée avaient transfiguré mon oncle, qui de laid devint très beau. J'aperçus une métamorphose inverse dans le visage du comte : au premier coup d'œil, je lui donnai cinquante-cinq ans ; mais après un examen attentif, je reconnus une jeunesse ensevelie sous les glaces d'un profond chagrin, sous la fatigue des études obstinées, sous les teintes chaudes de quelque passion contrariée. À un mot de mon oncle, les yeux du comte reprirent pour un moment la fraîcheur d'une pervenche, il eut un sourire d'admiration qui me le montra à un âge, que je crus le véritable, à quarante ans. Ces observations, je ne les fis pas alors, mais plus tard, en me rappelant les circonstances de cette visite. Le valet de chambre entra tenant un plateau sur lequel était le déjeuner de son maître. – « Je ne demande pas mon déjeuner, dit le comte, laissez-le cependant et allez montrer à monsieur son appartement. » Je suivis le valet de chambre, qui me conduisit à un joli logement complet, situé sous une terrasse, entre la cour d'honneur et les communs, au-dessus d'une galerie par laquelle les cuisines communiquaient avec le grand escalier de l'hôtel. Quand je revins au cabinet du comte, j'entendis, avant d'ouvrir la porte, mon oncle prononçant sur moi cet arrêt : – « Il pourrait faire une faute, car il a beaucoup de cœur, et nous sommes tous sujets à d'honorables erreurs ; mais il est sans aucun vice. – Eh ! bien, me dit le comte en me jetant un regard affectueux, vous plairez-vous là ? dites ? Il se trouve tant d'appartements dans cette caserne, que si vous n'étiez pas bien, je vous caserais ailleurs. – Je n'avais qu'une chambre chez mon oncle, répondis-je. – Eh ! bien, vous pouvez être installé ce soir, me dit le comte, car vous avez sans doute le mobilier de tous les étudiants, un fiacre suffit à le transporter. Pour aujourd'hui nous dînerons ensemble, tous trois, » ajouta-t-il en regardant mon oncle. Une magnifique bibliothèque attenait au cabinet du comte, il nous y mena, me fit voir un petit réduit coquet et orné de peintures qui devait avoir jadis servi d'oratoire. – « Voici votre cellule, me dit-il, vous vous tiendrez là quand vous aurez à travailler avec moi, car vous ne serez pas à la chaîne. » Et il me détailla le genre et la durée de mes occupations chez lui ; en l'écoutant, je reconnus en lui un grand précepteur politique. Je mis un mois environ à me familiariser avec les êtres et les choses, à étudier les devoirs de ma nouvelle position, et à m'accoutumer aux façons du comte. Un secrétaire observe nécessairement l'homme qui se sert de lui. Les goûts, les passions, le caractère, les manies de cet homme deviennent l'objet d'une étude involontaire. L'union de ces deux esprits est à la fois plus et moins qu'un mariage. Pendant trois mois, le comte Octave et moi, nous nous espionnâmes réciproquement. J'appris avec étonnement que le comte n'avait que trente-sept ans. La paix purement extérieure de sa vie et la sagesse de sa conduite ne procédaient pas uniquement d'un sentiment profond du devoir et d'une réflexion stoïque ; en pratiquant cet homme, extraordinaire pour ceux qui le connaissent bien, je sentis de vastes profondeurs sous ses travaux, sous les actes de sa politesse, sous son masque de bienveillance, sous son attitude résignée qui ressemblait tant au calme qu'on pouvait s'y tromper. De même qu'en marchant dans les forêts, certains terrains laissent deviner par le son qu'ils rendent sous les pas de grandes masses de pierre ou le vide ; de même l'égoïsme en bloc caché sous les fleurs de la politesse, et les souterrains minés par le malheur sonnent creux au contact perpétuel de la vie intime. La douleur et non le découragement habitait cette âme vraiment grande. Le comte avait compris que l'Action, que le Fait est la loi suprême de l'homme social. Aussi marchait-il dans sa voie malgré de secrètes blessures, en regardant l'avenir d'un œil serein, comme un martyr plein de foi. Sa tristesse cachée, l'amère déception dont il souffrait ne l'avaient pas amené dans les landes philosophiques de l'Incrédulité ; ce courageux homme d'État était religieux, mais sans aucune ostentation : il allait à la première messe qui se disait à Saint-Paul pour les artisans et pour les domestiques pieux. Aucun de ses amis, personne à la Cour ne savait qu'il observât si fidèlement les pratiques de la religion. Il cultivait Dieu comme certains honnêtes gens cultivent un vice, avec un profond mystère. Aussi devais-je trouver un jour le comte monté sur une alpe de malheur bien plus élevée que celle où se tiennent ceux qui se croient les plus éprouvés, qui raillent les passions et les croyances d'autrui parce qu'ils ont vaincu les leurs, qui varient sur tous les tons l'ironie et le dédain. Il ne se moquait alors ni de ceux qui suivent encore l'Espérance dans les marais où elle vous emmène, ni de ceux qui gravissent un pic pour s'isoler, ni de ceux qui persistent dans leur lutte en rougissant l'arène de leur sang, et la jonchant de leurs illusions ; il voyait le monde en son entier, il dominait les croyances, il écoutait les plaintes, il doutait des affections et surtout des dévouements ; mais ce grand, ce sévère magistrat y compatissait, il les admirait, non pas avec un enthousiasme passager, mais par le silence, par le recueillement, par la communion de l'âme attendrie. C'était une espèce de Manfred catholique et sans crime, portant la curiosité dans sa foi, fondant les neiges à la chaleur d'un volcan sans issue, conversant avec une étoile que lui seul voyait ! Je reconnus bien des obscurités dans sa vie extérieure. Il se dérobait à mes regards non pas comme le voyageur qui, suivant une route, disparaît au gré des caprices du terrain dans les fondrières et les ravins, mais en tirailleur épié qui veut se cacher et qui cherche des abris. Je ne m'expliquais pas de fréquentes absences faites au moment où il travaillait le plus, et qu'il ne me déguisait point, car il me disait : « Continuez pour moi, » en me confiant sa besogne. Cet homme, si profondément enseveli dans les triples obligations de l'homme d'État, du Magistrat et de l'Orateur, me plut par ce goût qui révèle une belle âme et que les gens délicats ont presque tous pour les fleurs. Son jardin et son cabinet étaient pleins des plantes les plus curieuses, mais qu'il achetait toujours fanées. Peut-être se complaisait-il dans cette image de sa destinée ?... il était fané comme ces fleurs près d'expirer, et dont les parfums presque décomposés lui causaient d'étranges ivresses. Le comte aimait son pays, il se dévouait aux intérêts publics avec la furie d'un cœur qui veut tromper une autre passion ; mais l'étude, le travail où il se plongeait ne lui suffisaient pas ; il se livrait en lui d'affreux combats dont quelques éclats m'atteignirent. Enfin, il laissait entendre de navrantes aspirations vers le bonheur, et me paraissait devoir être heureux encore ; mais quel était l'obstacle ? Aimait-il une femme ? Ce fut une question que je me posai. Jugez de l'étendue des cercles de douleur que ma pensée dut interroger avant d'en venir à une si simple et si redoutable question ! Malgré ses efforts, mon patron ne réussissait donc pas à étouffer le jeu de son cœur Sous sa pose austère, sous le silence du magistrat s'agitait une passion contenue avec tant de puissance, que personne, excepté moi, son commensal, ne devina ce secret. Sa devise semblait être : « Je souffre et je me tais. » Le cortége de respect et d'admiration qui le suivait, l'amitié de travailleurs intrépides comme lui, des présidents Grandville et Sérizy, n'avaient aucune prise sur le comte : ou il ne leur livrait rien, ou ils savaient tout. Impassible, la tête haute en public, le comte ne laissait voir l'homme qu'en de rares instants, quand, seul dans son jardin, dans son cabinet, il ne se croyait pas observé ; mais alors il devenait enfant, il donnait carrière aux larmes dévorées sous sa toge, aux exaltations qui, peut-être mal interprétées, eussent nui à sa réputation de perspicacité comme homme d'État. Quand toutes ces choses furent à l'état de certitude pour moi, le comte Octave eut tous les attraits d'un problème, et obtint autant d'affection que s'il eût été mon propre père. Comprenez-vous la curiosité comprimée par le respect ?... Quel malheur avait foudroyé ce savant voué depuis l'âge de dix-huit ans, comme Pitt, aux études que veut le pouvoir, et qui n'avait pas d'ambition ; ce juge, qui savait le Droit diplomatique, le Droit politique, le Droit civil et le Droit criminel, et qui pouvait y trouver des armes contre toutes les inquiétudes ou contre toutes les erreurs ; ce profond législateur, cet écrivain sérieux, ce religieux célibataire dont la vie disait assez qu'il n'encourait aucun reproche ? Un criminel n'eût pas été puni plus sévèrement par Dieu que l'était mon patron : le chagrin avait emporté la moitié de son sommeil, il ne dormait plus que quatre heures ! Quelle lutte existait au fond de ces heures qui passaient en apparence calmes, studieuses, sans bruit ni murmure, et pendant lesquelles je le surpris souvent la plume tombée de ses doigts, la tête appuyée sur une de ses mains, les yeux comme deux étoiles fixes et quelquefois mouillés de larmes ? Comment l'eau de cette source vive courait-elle sur une grève brillante sans que le feu souterrain la desséchât ?... Y avait-il, comme sous la mer, entre elle et le foyer du globe, un lit de granit ? Enfin, le volcan éclaterait-il ?... Parfois le comte me regardait avec la curiosité sagace et perspicace, quoique rapide, par laquelle un homme en examine un autre quand il cherche un complice ; puis il fuyait mes yeux en les voyant s'ouvrir, en quelque sorte, comme une bouche qui veut une réponse et qui semble dire : « Parlez le premier ! » Par moments, le comte Octave était d'une tristesse sauvage et bourrue. Si les écarts de cette humeur me blessaient, il savait revenir sans me demander le moindre pardon ; mais ses manières devenaient alors gracieuses jusqu'à l'humilité du chrétien. Quand je me fus filialement attaché à cet homme mystérieux pour moi, si compréhensible pour le monde à qui le mot original suffit pour expliquer toutes les énigmes du cœur, je changeai la face de la maison. L'abandon de ses intérêts allait, chez le comte, jusqu'à la bêtise dans la conduite de ses affaires. Riche d'environ cent soixante mille francs de rentes, sans compter les émoluments de ses places, dont trois n'étaient pas sujettes à la loi du cumul, il dépensait soixante mille francs, sur lesquels trente au moins allaient à ses domestiques. À la fin de la première année, je renvoyai tous ces fripons, et priai Son Excellence d'user de son crédit pour m'aider à trouver d'honnêtes gens. À la fin de la seconde année, le comte, mieux traité, mieux servi, jouissait du comfort moderne ; il avait de beaux chevaux appartenant à un cocher à qui je donnais tant par mois pour chaque cheval ; ses dîners, les jours de réception, servis par Chevet à prix débattus, lui faisaient honneur ; l'ordinaire regardait une excellente cuisinière que me procura mon oncle et que deux filles de cuisine aidaient ; la dépense, non compris les acquisitions, ne se montait plus qu'à trente mille francs ; nous avions deux domestiques de plus, dont les soins rendirent à l'hôtel toute sa poésie, car ce vieux palais, si beau dans sa rouille, avait une majesté que l'incurie déshonorait. – « Je ne m'étonne plus, dit-il en apprenant ces résultats, des fortunes que faisaient mes gens. En sept ans, j'ai eu deux cuisiniers devenus de riches restaurateurs ! – Vous avez perdu trois cent mille francs en sept ans, repris-je. Et vous, magistrat qui signez au Palais des réquisitoires contre le crime, vous encouragiez le vol chez vous. » Au commencement de l'année 1826 le comte avait sans doute achevé de m'observer, et nous étions aussi liés que peuvent l'être deux hommes quand l'un est le subordonné de l'autre. Il ne m'avait rien dit de mon avenir ; mais il s'était attaché, comme un maître et comme un père, à m'instruire. Il me fit souvent rassembler les matériaux de ses travaux les plus ardus, je rédigeai quelques-uns de ses rapports, et il me les corrigeait en me montrant les différences de ses interprétations de la loi, de ses vues et des miennes. Quand enfin j'eus produit un travail qu'il pût donner comme sien, il en eut une joie qui me servit de récompense, et il s'aperçut que je la prenais ainsi. Ce petit incident si rapide produisit sur cette âme, en apparence sévère, un effet extraordinaire. Le comte me jugea, pour me servir de la langue judiciaire, en dernier ressort et souverainement : il me prit par la tête et me baisa sur le front. – « Maurice, s'écria-t-il, vous n'êtes plus mon compagnon, je ne sais pas encore ce que vous me serez ; mais, si ma vie ne change pas, peut-être me tiendrez-vous lieu de fils ! » Le comte Octave m'avait présenté dans les meilleures maisons de Paris où j'allais à sa place, avec ses gens et sa voiture, dans les occasions trop fréquentes où, près de partir, il changeait d'avis et faisait venir un cabriolet de place, pour aller… où ?… Là était le mystère. Par l'accueil qu'on me faisait, je devinais les sentiments du comte à mon égard et le sérieux de ses recommandations. Attentif comme un père, il fournissait à tous mes besoins avec d'autant plus de libéralité que ma discrétion l'obligeait à toujours penser à moi. Vers la fin du mois de janvier 1827, chez madame la comtesse de Sérizy, j'éprouvai des chances si constamment mauvaises au jeu, que je perdis deux mille francs, et je ne voulus pas les prendre sur ma caisse. Le lendemain, je me disais : « Dois-je aller les demander à mon oncle ou me confier au comte ? » Je pris le dernier parti. – « Hier, lui dis-je pendant qu'il déjeunait, j'ai constamment perdu au jeu, je me suis piqué, j'ai continué ; je dois deux mille francs. Me permettez-vous de prendre ces deux mille francs en compte sur mes appointements de l'année ? – Non, me dit-il avec un charmant sourire. Quand on joue dans le monde, il faut avoir une bourse de jeu. Prenez six mille francs, payez vos dettes, nous serons de moitié à compter d'aujourd'hui, car si vous me représentez la plupart du temps, au moins votre amour-propre n'en doit-il pas souffrir. » Je ne remerciai pas le comte. Un remercîment lui aurait paru de trop entre nous. Cette nuance vous indique la nature de nos relations. Néanmoins nous n'avions pas encore l'un et l'autre une confiance illimitée, il ne m'ouvrit pas ces immenses souterrains que j'avais reconnus dans sa vie secrète, et moi je ne lui disais pas : « Qu'avez-vous ? de quel mal souffrez-vous ? » Que faisait-il pendant ses longues soirées ? Souvent, il rentrait ou à pied ou dans un cabriolet de place, quand je revenais en voiture, moi, son secrétaire ! Un homme si pieux était-il donc la proie de vices cachés avec hypocrisie ? Employait-il toutes les forces de son esprit à satisfaire une jalousie plus habile que celle d'Othello ? Vivait-il avec une femme indigne de lui ? Un matin, en revenant de chez je ne sais quel fournisseur acquitter un mémoire, entre Saint-Paul et l'Hôtel-de-Ville, je surpris le comte Octave en conversation si animée avec une vieille femme, qu'il ne m'aperçut pas. La physionomie de cette vieille me donna d'étranges soupçons, des soupçons d'autant plus fondés que je ne voyais pas faire au comte l'emploi de ses économies. N'est-ce pas horrible à penser ? je me faisais le censeur de mon patron. Dans ce moment, je lui savais plus de six cent mille francs à placer, et s'il les avait employés en inscriptions de rentes, sa confiance en moi était tellement entière en tout ce qui touchait ses intérêts, que je ne devais pas l'ignorer. Parfois le comte se promenait dans son jardin, le matin, en y tournant comme un homme pour qui la promenade est l'hippogriffe que monte une Mélancolie rêveuse. Il allait ! il allait ! il se frottait les mains à s'arracher l'épiderme ! Et quand je le surprenais en l'abordant au détour d'une allée, je voyais sa figure épanouie. Ses yeux, au lieu d'avoir la sécheresse d'une turquoise, prenaient ce velouté de la pervenche qui m'avait tant frappé lors de ma première visite à cause du contraste étonnant de ces deux regards si différents : le regard de l'homme heureux, le regard de l'homme malheureux. Deux ou trois fois, en ces moments, il m'avait saisi par le bras, il m'avait entraîné ; puis il me disait : – « Que venez-vous me demander ? » au lieu de déverser sa joie en mon cœur qui s'ouvrait à lui. Plus souvent aussi, le malheureux, surtout depuis que je pouvais le remplacer dans ses travaux et faire ses rapports, restait des heures entières à contempler les poissons rouges qui fourmillaient dans un magnifique bassin de marbre au milieu de son jardin, et autour duquel les plus belles fleurs formaient un amphithéâtre. Cet homme d'État semblait avoir réussi à passionner le plaisir machinal d'émietter du pain à des poissons. Voilà comment se découvrit le drame de cette existence intérieure si profondément ravagée, si agitée, et où, dans un cercle oublié par Dante dans son Enfer, il naissait d'horribles joies.

Le Consul-Général fit une pause.

– Par un certain lundi, reprit-il, le hasard voulut que monsieur le Président de Grandville et monsieur de Sérizy, alors Vice-Président du Conseil-d'État, fussent venus tenir une séance chez le comte Octave. Ils formaient, à eux trois, une commission de laquelle j'étais le secrétaire. Le comte m'avait déjà fait nommer auditeur au Conseil-d'État. Tous les éléments nécessaires à l'examen de la question politique secrètement soumise à ces messieurs se trouvaient sur l'une des longues tables de notre bibliothèque. Messieurs de Grandville et de Sérizy s'en étaient remis au comte Octave pour le dépouillement préparatoire des documents relatifs à leur travail. Afin d'éviter le transport des pièces chez monsieur de Sérizy, président de la commission, il était convenu qu'on se réunirait d'abord rue Payenne. Le cabinet des Tuileries attachait une grande importance à ce travail, qui pesa sur moi principalement et auquel je dus, dans le cours de cette année, ma nomination de Maître des Requêtes. Quoique les comtes de Grandville et de Sérizy, dont les habitudes ressemblaient fort à celles de mon patron, ne dînassent jamais hors de chez eux, nous fûmes surpris discutant encore à une heure si avancée que le valet de chambre me demanda pour me dire : – « Messieurs les curés de Saint-Paul et des Blancs-Manteaux sont au salon depuis deux heures. » Il était neuf heures ! – « Vous voilà, messieurs, obligés de faire un dîner de curés, dit en riant le comte Octave à ses collègues. Je ne sais pas si Grandville surmontera sa répugnance pour la soutane. – C'est selon les curés. – Oh ! l'un est mon oncle, et l'autre est l'abbé Gaudron, lui répondis-je. Soyez sans crainte, l'abbé Fontanon n'est plus vicaire à Saint-Paul… – Eh bien, dînons, répondit le Président Grandville. Un dévot m'effraie ; mais je ne sais personne de gai comme un homme vraiment pieux ! » Et nous nous rendîmes au salon. Le dîner fut charmant. Les hommes réellement instruits, les politiques à qui les affaires donnent et une expérience consommée et l'habitude de la parole, sont d'adorables conteurs, quand ils savent conter. Il n'est pas de milieu pour eux, ou ils sont lourds, ou ils sont sublimes. À ce charmant jeu, le prince de Metternich est aussi fort que Charles Nodier. Taillée à facettes comme le diamant, la plaisanterie des hommes d'État est nette, étincelante et pleine de sens. Sûr de l'observation des convenances au milieu de ces trois hommes supérieurs, mon oncle permit à son esprit de se déployer, esprit délicat, d'une douceur pénétrante, et fin comme celui de tous les gens habitués à cacher leurs pensées sous la robe. Comptez aussi qu'il n'y eut rien de vulgaire ni d'oiseux dans cette causerie, que je comparerais volontiers, comme effet sur l'âme, à la musique de Rossini. L'abbé Gaudron était, comme le dit monsieur Grandville, un saint Pierre plutôt qu'un saint Paul, un paysan plein de foi, carré de base comme de hauteur, un bœuf sacerdotal dont l'ignorance, en fait de monde et de littérature, anima la conversation par des étonnements naïfs et par des interrogations imprévues. On finit par causer d'une des plaies inhérentes à l'état social et qui vient de nous occuper, de l'adultère ! Mon oncle fit observer la contradiction que les législateurs du Code, encore sous le coup des orages révolutionnaires, y avaient établie entre la loi civile et la loi religieuse, et d'où, selon lui, venait tout le mal. – « Pour l'Église, dit-il, l'adultère est un crime ; pour vos tribunaux, ce n'est qu'un délit. L'adultère se rend en carrosse à la Police Correctionnelle au lieu de monter sur les bancs de la Cour d'Assises. Le Conseil-d'État de Napoléon, pénétré de tendresse pour la femme coupable, a été plein d'impéritie. Ne fallait-il pas accorder en ceci la loi civile et la loi religieuse, envoyer au couvent pour le reste de ses jours, comme autrefois, l'épouse coupable ? – Au couvent ! reprit monsieur de Sérizy : il aurait fallu d'abord créer des couvents, et, dans ce temps, on convertissait les monastères en casernes. Puis, y pensez-vous, monsieur l'abbé ?... donner à Dieu ce dont la Société ne veut pas !... – Oh ! dit le comte de Grandville, vous ne connaissez pas la France. On a dû laisser au mari le droit de se plaindre ; eh bien ! il n'y a pas dix plaintes en adultère par an. – Monsieur l'abbé prêche pour son saint, car c'est Jésus-Christ qui a créé l'adultère, reprit le comte Octave. En Orient, berceau de l'Humanité, la femme ne fut qu'un plaisir, et y fut alors une chose ; on ne lui demandait pas d'autres vertus que l'obéissance et la beauté. En mettant l'âme au-dessus du corps, la famille européenne moderne, fille de Jésus, a inventé le mariage indissoluble, elle en a fait un sacrement. – Ah ! l'Église en reconnaissait bien toutes les difficultés, s'écria monsieur de Grandville. – Cette institution a produit un monde nouveau, reprit le comte en souriant ; mais les mœurs de ce monde ne seront jamais celles des climats où la femme est nubile à sept ans et plus que vieille à vingt-cinq. L'Église catholique a oublié les nécessités d'une moitié du globe. Parlons donc uniquement de l'Europe. La femme nous est-elle inférieure ou supérieure. Telle est la vraie question par rapport à nous. Si la femme nous est inférieure, en l'élevant aussi haut que l'a fait l'Église, il fallait de terribles punitions à l'adultère. Aussi, jadis, a-t-on procédé ainsi. Le cloître ou la mort, voilà toute l'ancienne législation. Mais depuis, les mœurs ont modifié les lois, comme toujours. Le trône a servi de couche à l'adultère, et les progrès de ce joli crime ont marqué l'affaiblissement des dogmes de l'Église catholique. Aujourd'hui, là où l'Église ne demande plus qu'un repentir sincère à la femme en faute, la Société se contente d'une flétrissure au lieu d'un supplice. La loi condamne bien encore les coupables, mais elle ne les intimide plus. Enfin, il y a deux morales : la morale du Monde et la morale du Code. Là où le Code est faible, je le reconnais avec notre cher abbé, le Monde est audacieux et moqueur. Il est peu de juges qui ne voudraient avoir commis le délit contre lequel ils déploient la foudre assez bonasse de leurs considérants. Le Monde, qui dément la loi, et dans ses fêtes, et par ses usages, et par ses plaisirs, est plus sévère que le Code et l'Église : le Monde punit la maladresse après avoir encouragé l'hypocrisie. L'économie de la loi sur le mariage me semble à reprendre de fond en comble. Peut-être la loi française serait-elle parfaite si elle proclamait l'exhérédation des filles. – Nous connaissons à nous trois la question à fond, dit en riant le comte de Grandville. Moi, j'ai une femme avec laquelle je ne puis pas vivre. Sérizy a une femme qui ne veut pas vivre avec lui. Toi, Octave, la tienne t'a quitté.

Nous résumons donc, à nous trois, tous les cas de conscience conjugale ; aussi composerons-nous, sans doute, la commission, si jamais on revient au divorce. » La fourchette d'Octave tomba sur son verre, le brisa, brisa l'assiette. Le comte, devenu pâle comme un mort, jeta sur le Président de Grandville un regard foudroyant par lequel il me montrait, et que je surpris. – « Pardon, mon ami, je ne voyais pas Maurice, reprit le Président de Grandville. Sérizy et moi nous avons été tes complices après t'avoir servi de témoins, je ne croyais donc pas faire une indiscrétion en présence de ces deux vénérables ecclésiastiques. » Monsieur de Sérizy changea la conversation en racontant tout ce qu'il avait fait pour plaire à sa femme sans y parvenir jamais. Ce vieillard conclut à l'impossibilité de réglementer les sympathies et les antipathies humaines, il soutint que la loi sociale n'était jamais plus parfaite que quand elle se rapprochait de la loi naturelle. Or, la Nature ne tenait aucun compte de l'alliance des âmes, son but était atteint par la propagation de l'espèce. Donc le Code actuel avait été très sage en laissant une énorme latitude aux hasards. L'exhérédation des filles, tant qu'il y aurait des héritiers mâles, était une excellente modification, soit pour éviter l'abâtardissement des races, soit pour rendre les ménages plus heureux en supprimant des unions scandaleuses, en faisant rechercher uniquement les qualités morales et la beauté. – « Mais, ajouta-t-il en levant la main par un geste de dégoût, le moyen de perfectionner une législation quand un pays a la prétention de réunir sept ou huit cents législateurs !… Après tout, reprit-il, si je suis sacrifié, j'ai un enfant qui me succédera… – En laissant de côté toute question religieuse, reprit mon oncle, je ferai observer à Votre Excellence que la Nature ne nous doit que la vie, et que la Société nous doit le bonheur. Êtes-vous père ? lui demanda mon oncle. – Et moi, ai je des enfants ? » dit d'une voix creuse le comte Octave dont l'accent causa de telles impressions que l'on ne parla plus ni femmes, ni mariage. Quand le café fut pris, les deux comtes et les deux curés s'évadèrent en voyant le pauvre Octave tombé dans un accès de mélancolie qui ne lui permit pas de s'apercevoir de ces disparitions successives. Mon protecteur était assis sur une bergère, au coin du feu, dans l'attitude d'un homme anéanti. – « Vous connaissez le secret de ma vie, me dit-il en s'apercevant que nous nous trouvions seuls. Après trois ans de mariage, un soir, en rentrant, on m'a remis une lettre par laquelle la comtesse m'annonçait sa fuite. Cette lettre ne manquait pas de noblesse, car il est dans la nature des femmes de conserver encore des vertus en commettant cette faute horrible… Aujourd'hui, ma femme est censée s'être embarquée sur un vaisseau naufragé, elle passe pour morte. Je vis seul depuis sept ans !… Assez pour ce soir, Maurice. Nous causerons de ma situation quand je me serai accoutumé à l'idée de vous en parler. Quand on souffre d'une maladie chronique, ne faut-il pas s'habituer au mieux ? Souvent le mieux paraît être une autre face de la maladie. » J'allai me coucher tout troublé, car le mystère, loin de s'éclaircir, me parut de plus en plus obscur. Je pressentis un drame étrange en comprenant qu'il ne pouvait y avoir rien de vulgaire entre une femme que le comte avait choisie et un caractère comme le sien. Enfin les événements qui avaient poussé la comtesse à quitter un homme si noble, si aimable, si parfait, si aimant, si digne d'être aimé, devaient être au moins singuliers. La phrase de monsieur de Grandville avait été comme une torche jetée dans les souterrains sur lesquels je marchais depuis si longtemps ; et, quoique cette flamme les éclairât imparfaitement, mes yeux pouvaient remarquer leur étendue. Je m'expliquai les souffrances du comte sans connaître ni leur profondeur ni leur amertume. Ce masque jaune, ces tempes desséchées, ces gigantesques études, ces moments de rêverie, les moindres détails de la vie de ce célibataire marié prirent un relief lumineux pendant cette heure d'examen mental qui est comme le crépuscule du sommeil et auquel tout homme de cœur se serait livré, comme je le fis. Oh ! combien j'aimai mon pauvre patron ! il me parut sublime. Je lus un poëme de mélancolie, j'aperçus une action perpétuelle dans ce cœur taxé par moi d'inertie. Une douleur suprême n'arrive-t-elle pas toujours à l'immobilité ? Ce magistrat, qui disposait de tant de puissance, s'était-il vengé ? se repaissait-il d'une longue agonie ? N'est-ce pas quelque chose à Paris qu'une colère toujours bouillante pendant dix ans ? Que faisait Octave depuis ce grand malheur, car cette séparation de deux époux est le grand malheur dans notre époque où la vie intime est devenue, ce qu'elle n'était pas jadis, une question sociale ?

Nous passâmes quelques jours en observation, car les grandes souffrances ont leur pudeur ; mais enfin, un soir, le comte me dit d'une voix grave : « Restez ! » Voici quel fut à peu près son récit.

« Mon père avait une pupille, riche, belle et âgée de seize ans, au moment où je revins du collége dans ce vieil hôtel. Élevée par ma mère, Honorine s'éveillait alors à la vie. Pleine de grâces et d'enfantillage, elle rêvait le bonheur comme elle eût rêvé d'une parure, et peut-être le bonheur était-il pour elle la parure de l'âme ? Sa piété n'allait pas sans des joies puériles, car tout, même la religion, était une poésie pour ce cœur ingénu. Elle entrevoyait son avenir comme une fête perpétuelle. Innocente et pure, aucun délire n'avait troublé son sommeil. La honte et le chagrin n'avaient jamais altéré sa joue ni mouillé ses regards. Elle ne cherchait même pas le secret de ses émotions involontaires par un beau jour de printemps. Enfin, elle se sentait faible, destinée à l'obéissance, et attendait le mariage sans le désirer. Sa rieuse imagination ignorait la corruption, peut-être nécessaire, que la littérature inocule par la peinture des passions ; elle ne savait rien du monde, et ne connaissait aucun des dangers de la société. La chère enfant avait si peu souffert qu'elle n'avait pas même déployé son courage. Enfin, sa candeur l'eût fait marcher sans crainte au milieu des serpents, comme l'idéale figure qu'un peintre a créée de l'Innocence. Jamais front ne fut plus serein et à la fois plus riant que le sien. Jamais il n'a été permis à une bouche de dépouiller de leur sens des interrogations précises avec tant d'ignorance. Nous vivions comme deux frères. Au bout d'un an, je lui dis, dans le jardin de cet hôtel, devant le bassin aux poissons en leur jetant du pain : « – Veux-tu nous marier ? Avec moi, tu feras tout ce que tu voudras, tandis qu'un autre homme te rendrait malheureuse. – Maman, dit-elle à ma mère qui vint au-devant de nous, il est convenu entre Octave et moi que nous nous marierons… – À dix-sept ans ?… répondit ma mère. Non, vous attendrez dix-huit mois ; et si dans dix-huit mois vous vous plaisez, eh bien, vous êtes de naissance, de fortunes égales, vous ferez à la fois un mariage de convenance et d'inclination. » Quand j'eus vingt-six ans, et Honorine dix-neuf, nous nous mariâmes. Notre respect pour mon père et ma mère, vieillards de l'ancienne cour, nous empêcha de mettre cet hôtel à la mode, d'en changer les ameublements, et nous y restâmes, comme par le passé, en enfants. Néanmoins j'allai dans le monde, j'initiai ma femme à la vie sociale, et je regardai comme un de mes devoirs de l'instruire. J'ai reconnu plus tard que les mariages contractés dans les conditions du nôtre renfermaient un écueil contre lequel doivent se briser bien des affections, bien des prudences, bien des existences. Le mari devient un pédagogue, un professeur, si vous voulez ; et l'amour périt sous la férule qui tôt ou tard blesse ; car une épouse jeune et belle, sage et rieuse, n'admet pas de supériorités au-dessus de celles dont elle est douée par nature. Peut-être ai-je eu des torts ? peut-être ai-je eu, dans les difficiles commencements d'un ménage, un ton magistral ? Peut-être, au contraire, ai-je commis la faute de me fier absolument à cette candide nature, et n'ai-je pas surveillé la comtesse, chez qui la révolte me paraissait impossible ? Hélas ! on ne sait pas encore, ni en politique, ni en ménage, si les empires et les félicités périssent par trop de confiance ou par trop de sévérité. Peut-être aussi le mari n'a-t-il pas réalisé pour Honorine les rêves de la jeune fille ? Sait-on, pendant les jours de bonheur, à quels préceptes on a manqué ?... »

(— Je ne me rappelle que les masses dans les reproches que s'adressa le comte avec la bonne foi de l'anatomiste cherchant les causes d'une maladie qui échapperaient à ses confrères ; mais sa clémente indulgence me parut alors vraiment digne de celle de Jésus-Christ quand il sauva la femme adultère.)

« Dix-huit mois après la mort de mon père, qui précéda ma mère de quelques mois dans la tombe, reprit-il après une pause, arriva la terrible nuit où je fus surpris par la lettre d'adieu d'Honorine. Par quelle poésie ma femme était-elle séduite ? Étaient-ce les sens, étaient-ce les magnétismes du malheur ou du génie, laquelle de ces forces l'avait ou surprise ou entraînée ? Je n'ai rien voulu savoir. Le coup fut si cruel que je restai comme hébété pendant un mois. Plus tard, la réflexion m'a dit de rester dans mon ignorance, et les malheurs d'Honorine m'ont trop appris de ces choses.

Jusqu'à présent, Maurice, tout est bien vulgaire ; mais tout va changer par un mot : j'aime Honorine ! je n'ai pas cessé de l'adorer. Depuis le jour de l'abandon, je vis de mes souvenirs, je reprends un à un les plaisirs pour lesquels sans doute Honorine fut sans goût. Oh ! dit-il en voyant de l'étonnement dans mes yeux, ne me faites pas un héros, ne me croyez pas assez sot, dirait un colonel de l'Empire, pour ne pas avoir cherché des distractions. Hélas ! mon enfant, j'étais ou trop jeune, ou trop amoureux : je n'ai pu trouver d'autre femme dans le monde entier. Après des luttes affreuses avec moi-même, je cherchais à m'étourdir ; j'allais, mon argent à la main, jusque sur le seuil de l'Infidélité ; mais là se dressait devant moi, comme une blanche statue, le souvenir d'Honorine. En me rappelant la délicatesse infinie de cette peau suave à travers laquelle on voit le sang courir et les nerfs palpiter ; en revoyant cette tête ingénue, aussi naïve la veille de mon malheur que le jour où je lui dis : – Veux-tu nous marier ? en me souvenant d'un parfum céleste comme celui de la vertu ; en retrouvant la lumière de ses regards, la joliesse de ses gestes, je m'enfuyais comme un homme qui va violer une tombe et qui en voit sortir l'âme du mort transfigurée. Au Conseil, au Palais, dans mes nuits, je rêve si constamment d'Honorine, qu'il me faut une force d'âme excessive pour être à ce que je fais, à ce que je dis. Voilà le secret de mes travaux. Eh bien ! je ne me suis pas plus senti de colère contre elle que n'en a un père en voyant son enfant chéri dans le danger où il s'est précipité par imprudence. J'ai compris que j'avais fait de ma femme une poésie dont je jouissais avec tant d'ivresse que je croyais mon ivresse partagée. Ah ! Maurice, un amour sans discernement est, chez un mari, une faute qui peut préparer tous les crimes d'une femme ! J'avais probablement laissé sans emploi les forces de cette enfant, chérie comme une enfant ; je l'ai peut-être fatiguée de mon amour avant que l'heure de l'amour eût sonné pour elle ! Trop jeune pour entrevoir le dévouement de la mère dans la constance de la femme, elle a pris cette première épreuve du mariage pour la vie elle-même, et l'enfant mutin a maudit la vie à mon insu, n'osant se plaindre à moi, par pudeur peut-être ! Dans une situation si cruelle, elle se sera trouvée sans défense contre un homme qui l'aura violemment émue. Et moi, si sagace magistrat, dit-on, moi dont le cœur est bon mais dont l'esprit était occupé, j'ai deviné trop tard ces lois du code féminin méconnues, je les ai lues à la clarté de l'incendie qui dévorait mon toit. J'ai fait alors de mon cœur un tribunal, en vertu de la loi ; car la loi constitue un juge dans un mari : j'ai absous ma femme et je me suis condamné. Mais l'amour prit alors chez moi la forme de la passion, de cette passion lâche et absolue qui saisit certains vieillards. Aujourd'hui, j'aime Honorine absente, comme on aime, à soixante ans, une femme qu'on veut avoir à tout prix, et je me sens la force d'un jeune homme. J'ai l'audace du vieillard et la retenue de l'adolescent. Mon ami, la Société n'a que des railleries pour cette affreuse situation conjugale. Là où elle s'apitoie avec un amant, elle voit dans un mari je ne sais quelle impuissance, elle se rit de ceux qui ne savent pas conserver une femme qu'ils ont acquise sous le poêle de l'Église et par-devant l'écharpe du maire. Et il a fallu me taire ! Sérizy est heureux. Il doit à son indulgence le plaisir de voir sa femme, il la protège, il la défend ; et, comme il l'adore, il connaît les jouissances excessives du bienfaiteur qui ne s'inquiète de rien, pas même du ridicule, car il en baptise ses paternelles jouissances. – « Je ne reste marié qu'à cause de ma femme ! » me disait un jour Sérizy en sortant du Conseil. Mais moi !... moi, je n'ai rien, pas même le ridicule à affronter, moi qui ne me soutiens que par un amour sans aliment ! moi qui ne trouve pas un mot à dire à une femme du monde ! moi que la Prostitution repousse ! moi, fidèle par incantation ! Sans ma foi religieuse, je me serais tué. J'ai défié l'abîme du travail, je m'y suis plongé, j'en suis sorti vivant, brûlant, ardent, ayant perdu le sommeil !... »

(– Je ne puis me rappeler les paroles de cet homme si éloquent, mais à qui la passion donnait une éloquence si supérieure à celle de la tribune, que, comme lui, j'avais en l'écoutant les joues sillonnées de larmes ! Jugez de mes impressions, quand après une pause pendant laquelle nous essuyâmes nos pleurs, il acheva son récit par cette révélation.)

« Ceci est le drame dans mon âme, mais ce n'est pas le drame extérieur qui se joue en ce moment dans Paris ! Le drame intérieur n'intéresse personne. Je le sais, et vous le reconnaîtrez un jour, vous qui pleurez en ce moment avec moi : personne ne superpose à son cœur ni à son épiderme la douleur d'autrui. La mesure des douleurs est en nous. Vous-même, vous ne comprenez mes souffrances que par une analogie très vague. Pouvez-vous me voir calmant les rages les plus violentes du désespoir par la contemplation d'une miniature où mon regard retrouve et baise son front, le sourire de ses lèvres, le contour de son visage, où je respire la blancheur de sa peau, et qui me permet presque de sentir, de manier les grappes noires de ses cheveux bouclés ? M'avez-vous surpris quand je bondis d'espérance, quand je me tords sous les mille flèches du désespoir, quand je marche dans la boue de Paris pour dompter mon impatience par la fatigue ? J'ai des énervements comparables à ceux des gens en consomption, des hilarités de fou, des appréhensions d'assassin qui rencontre un brigadier de gendarmerie. Enfin, ma vie est un continuel paroxysme de terreurs, de joies, de désespoirs. Quant au drame, le voici : Vous me croyez occupé du Conseil-d'État, de la Chambre, du Palais, de la politique !... Eh ! mon Dieu, sept heures de la nuit suffisent à tout, tant la vie que je mène a surexcité mes facultés. Honorine est ma grande affaire. Reconquérir ma femme, voilà ma seule étude ; la surveiller dans la cage où elle est, sans qu'elle se sache en ma puissance ; satisfaire à ses besoins, veiller au peu de plaisir qu'elle se permet, être sans cesse autour d'elle, comme un sylphe, sans me laisser ni voir ni deviner, car tout mon avenir serait perdu, voilà ma vie, ma vraie vie ! Depuis sept ans, je ne me suis jamais couché sans être allé voir la lumière de sa veilleuse, ou son ombre sur les rideaux de la fenêtre. Elle a quitté ma maison sans en vouloir emporter autre chose que sa toilette de ce jour-là. L'enfant a poussé la noblesse des sentiments jusqu'à la bêtise ! Aussi, dix-huit mois après sa fuite, était-elle abandonnée par son amant qui fut épouvanté par le visage âpre et froid, sinistre et puant de la Misère, le lâche ! Cet homme avait sans doute compté sur l'existence heureuse et dorée en Suisse et en Italie, que se donnent les grandes dames en quittant leurs maris. Honorine a de son chef soixante mille francs de rentes. Ce misérable a laissé la chère créature enceinte et sans un sou ! En 1820, au mois de novembre, j'ai obtenu du meilleur accoucheur de Paris de jouer le rôle d'un petit chirurgien de faubourg. J'ai décidé le curé du quartier où se trouvait la comtesse à subvenir à ses besoins, comme s'il accomplissait une œuvre de charité. Cacher le nom de ma femme, lui assurer l'incognito, lui trouver une ménagère qui me fût dévouée et qui fût une confidente intelligente, bah !... ce fut un travail digne de Figaro. Vous comprenez que, pour découvrir l'asile de ma femme, il me suffisait de vouloir. Après trois mois de désespérance plutôt que de désespoir, la pensée de me consacrer au bonheur d'Honorine, en prenant Dieu pour confident de mon rôle, fut un de ces poëmes qui ne tombent qu'au cœur d'un amant quand même ! Tout amour absolu veut sa pâture. Eh ! ne devais-je pas protéger cette enfant, coupable par ma seule imprudence, contre de nouveaux désastres ? accomplir enfin mon rôle d'ange gardien ? Après sept mois de nourriture, le fils mourut, heureusement pour elle et pour moi. Ma femme fut entre la vie et la mort pendant neuf mois, abandonnée au moment où elle avait le plus besoin du bras d'un homme ; mais ce bras, dit-il en tendant le sien par un mouvement d'une énergie angélique, fut étendu sur sa tête. Honorine fut soignée comme elle l'eût été dans son hôtel. Quand, rétablie, elle demanda comment, par qui elle avait été secourue, on lui répondit : – Les sœurs de charité du quartier, – la Société de maternité, – le curé de la paroisse qui s'intéressait à elle. Cette femme, dont la fierté va jusqu'à être un vice, a déployé dans le malheur une force de résistance que, par certaines soirées, j'appelle un entêtement de mule. Honorine a voulu gagner sa vie ! ma femme travaille !... Depuis cinq ans, je la tiens, rue Saint-Maur, dans un charmant pavillon où elle fabrique des fleurs et des modes. Elle croit vendre les produits de son élégant travail à un marchand qui les lui paie assez cher pour que la journée lui vaille vingt francs, et n'a pas eu depuis six ans un seul soupçon. Elle paie toutes les choses de la vie à peu près le tiers de ce qu'elles valent, en sorte qu'avec six mille francs par an, elle vit comme si elle avait quinze mille francs. Elle a le goût des fleurs, et donne cent écus à un jardinier qui me coûte à moi douze cents francs de gages, et qui me présente des mémoires de deux mille francs tous les trois mois. J'ai promis à cet homme un marais et une maison de maraîcher contiguë à la loge du concierge de la rue Saint-Maur. Cette propriété m'appartient sous le nom d'un commis-greffier de la Cour. Une seule indiscrétion ferait tout perdre au jardinier. Honorine a son pavillon, un jardin, une serre superbe, pour cinq cents francs de loyer par an. Elle vit là, sous le nom de sa femme de charge, madame Gobain, cette vieille d'une discrétion à toute épreuve que j'ai trouvée, et de qui elle s'est fait aimer. Mais ce zèle est, comme celui du jardinier, entretenu par la promesse d'une récompense au jour du succès. Le concierge et sa femme me coûtent horriblement cher par les mêmes raisons. Enfin, depuis trois ans, Honorine est heureuse, elle croit devoir à son travail le luxe de ses fleurs, sa toilette et son bien-être. Oh ! je sais ce que vous voulez me dire, s'écria le comte en voyant une interrogation dans mes yeux et sur mes lèvres. Oui, oui, j'ai fait une tentative. Ma femme était précédemment dans le faubourg Saint-Antoine. Un jour, quand je crus, sur une parole de la Gobain, à des chances de réconciliation, j'écrivis, par la poste, une lettre où j'essayais de fléchir ma femme, une lettre écrite, recommencée vingt fois ! Je ne vous peindrai pas mes angoisses. J'allai de la rue Payenne à la rue de Reuilly, comme un condamné qui marche du Palais à l'hôtel-de-Ville ; mais il est en charrette, et moi je marchais !... Il faisait nuit, il faisait du brouillard, j'allai au-devant de madame Gobain, qui devait venir me répéter ce qu'avait fait ma femme. Honorine, en reconnaissant mon écriture, avait jeté la lettre au feu sans la lire. – « Madame Gobain, avait-elle dit, je ne veux pas être ici demain !... » Fut-ce un coup de poignard que cette parole pour un homme qui trouve des joies illimitées dans la supercherie au moyen de laquelle il procure le plus beau velours de Lyon à douze francs l'aune, un faisan, un poisson, des fruits au dixième de leur valeur, à une femme assez ignorante pour croire payer suffisamment, avec deux cent cinquante francs, madame Gobain, la cuisinière d'un évêque !... Vous m'avez surpris me frottant les mains quelquefois et en proie à une sorte de bonheur. Eh bien ! je venais de faire réussir une ruse digne du théâtre. Je venais de tromper ma femme, de lui envoyer par une marchande à la toilette un châle des Indes proposé comme venant d'une actrice qui l'avait à peine porté, mais dans lequel, moi, ce grave magistrat que vous savez, je m'étais couché pendant une nuit. Enfin, aujourd'hui, ma vie se résume par les deux mots avec lesquels on peut exprimer le plus violent des supplices : j'aime et j'attends ! J'ai dans madame Gobain une fidèle espionne de ce cœur adoré. Je vais toutes les nuits causer avec cette vieille, apprendre d'elle tout ce qu'Honorine a fait dans sa journée, les moindres mots qu'elle a dits, car une seule exclamation peut me livrer les secrets de cette âme qui s'est faite sourde et muette. Honorine est pieuse ; elle suit les offices, elle prie ; mais elle n'est jamais allée à confesse et ne communie pas : elle prévoit ce qu'un prêtre lui dirait. Elle ne veut pas entendre le conseil, l'ordre de revenir à moi. Cette horreur de moi m'épouvante et me confond, car je n'ai jamais fait le moindre mal à Honorine ; j'ai toujours été bon pour elle. Admettons que j'aie eu quelques vivacités en l'instruisant, que mon ironie d'homme ait blessé son légitime orgueil de jeune fille ?... Est-ce une raison de persévérer dans une résolution que la haine la plus implacable peut seule inspirer ? Honorine n'a jamais dit à madame Gobain qui elle est, elle garde un silence absolu sur son mariage, en sorte que cette brave et digne femme ne peut pas dire un mot en ma faveur, car elle est la seule de la maison qui ait mon secret. Les autres ne savent rien ; ils sont sous la terreur que cause le nom du Préfet de Police et dans la vénération du pouvoir d'un ministre. Il m'est donc impossible de pénétrer dans ce cœur : la citadelle est à moi, mais je n'y puis entrer. Je n'ai pas un seul moyen d'action. Une violence me perdrait à jamais ! Comment combattre des raisons qu'on ignore ? Écrire une lettre, la faire copier par un écrivain public, et la mettre sous les yeux d'Honorine ?... j'y ai pensé. Mais n'est-ce pas risquer un troisième déménagement ? Le dernier me coûte cent cinquante mille francs. Cette acquisition fut d'abord faite sous le nom du secrétaire que vous avez remplacé. Le malheureux, qui ne savait pas combien mon sommeil est léger, a été surpris par moi, ouvrant avec une fausse clef la caisse où j'avais mis la contre-lettre ; j'ai toussé, l'effroi l'a saisi ; le lendemain, je l'ai forcé de vendre la maison à mon prête-nom actuel, et je l'ai mis à la porte. Ah ! si je ne sentais pas en moi toutes les facultés nobles de l'homme satisfaites, heureuses, épanouies ; si les éléments de mon rôle n'appartenaient pas à la paternité divine, si je ne jouissais pas par tous les pores, il se rencontre des moments où je croirais à quelque monomanie. Par certaines nuits, j'entends les grelots de la Folie, j'ai peur de ces transitions violentes d'une faible espérance, qui parfois brille et s'élance, à un désespoir complet qui tombe aussi bas que les hommes peuvent tomber. J'ai médité sérieusement, il y a quelques jours, le dénoûment atroce de Lovelace avec Clarisse, en me disant : Si Honorine avait un enfant de moi, ne faudrait-il pas qu'elle revînt dans la maison conjugale ? Enfin, j'ai tellement foi dans un heureux avenir, qu'il y a dix mois j'ai acquis et payé l'un des plus beaux hôtels du faubourg Saint-Honoré. Si je reconquiers Honorine, je ne veux pas qu'elle revoie cet hôtel, ni la chambre d'où elle s'est enfuie. Je veux mettre mon idole dans un nouveau temple où elle puisse croire à une vie entièrement nouvelle. On travaille à faire de cet hôtel une merveille de goût et d'élégance. On m'a parlé d'un poëte qui, devenu presque fou d'amour pour une cantatrice, avait, au début de sa passion, acheté le plus beau lit de Paris, sans savoir le résultat que l'actrice réservait à sa passion. Eh bien! il y a le plus froid des magistrats, un homme qui passe pour le plus grave conseiller de la Couronne, à qui cette anecdote a remué toutes les fibres du cœur. L'orateur de la Chambre comprend ce poëte qui repaissait son idéal d'une possibilité matérielle. Trois jours avant l'arrivée de Marie-Louise, Napoléon s'est roulé dans son lit de noces à Compiègne… Toutes les passions gigantesques ont la même allure. J'aime en poëte et en empereur !… »

En entendant ces dernières paroles, je crus à la réalisation des craintes du comte Octave, il s'était levé, marchait, gesticulait, mais il s'arrêta comme épouvanté de la violence de ses paroles. – Je suis bien ridicule, reprit-il après une fort longue pause, en venant quêter un regard de compassion. – Non, monsieur, vous êtes bien malheureux…

– Oh ! oui, dit-il en reprenant le cours de cette confidence, plus que vous ne le pensez ! Par la violence de mes paroles, vous pouvez et vous devez croire à la passion physique la plus intense, puisque depuis neuf ans elle annule toutes mes facultés ; mais ce n'est rien en comparaison de l'adoration que m'inspirent l'âme, l'esprit, les manières, le cœur, tout ce qui dans la femme n'est pas la femme ; enfin, ces ravissantes divinités du cortége de l'Amour avec lesquelles on passe sa vie et qui sont la poésie journalière d'un plaisir fugitif. Je vois par un phénomène rétrospectif, ces grâces de cœur et d'esprit d'Honorine auxquelles je faisais peu d'attention au jour de mon bonheur, comme tous les gens heureux ! J'ai, de jour en jour, reconnu l'étendue de ma perte en reconnaissant les qualités divines dont était doué cet enfant capricieux et mutin, devenu si fort et si fier sous la main pesante de la Misère, sous les coups du plus lâche abandon. Et cette fleur céleste se dessèche solitaire et cachée ? Ah ! la Loi dont nous parlions, reprit-il avec une amère ironie, la Loi, c'est un piquet de gendarmes, c'est ma femme saisie et amenée de force ici !... N'est-ce pas conquérir un cadavre ? La Religion n'a pas prise sur elle, elle en veut la poésie, elle prie sans écouter les commandements de l'Église. Moi, j'ai tout épuisé comme clémence, comme bonté, comme amour... Je suis à bout. Il n'existe plus qu'un moyen de triomphe : la ruse et la patience avec lesquelles les oiseleurs finissent par saisir les oiseaux les plus défiants, les plus agiles, les plus fantasques et les plus rares. Aussi, Maurice, quand l'indiscrétion bien excusable de monsieur de Grandville vous a révélé le secret de ma vie, ai-je fini par voir dans cet incident un de ces commandements du Sort, un de ces arrêts qu'écoutent et que mendient les joueurs au milieu de leurs parties les plus acharnées... Avez-vous pour moi assez d'affection pour m'être romanesquement dévoué ?... »

– « Je vous vois venir, monsieur le comte, répondis-je en interrompant, je devine vos intentions. Votre premier secrétaire a voulu crocheter votre caisse, je connais le cœur du second, il pourrait aimer votre femme. Et pouvez-vous le vouer au malheur en l'envoyant au feu ! Mettre sa main dans un brasier sans se brûler est-ce possible ? – Vous êtes un enfant, reprit le comte, je vous enverrai ganté ! Ce n'est pas mon secrétaire qui viendra se loger rue Saint-Maur, dans la petite maison de maraîcher que j'ai rendue libre, ce sera mon petit cousin le baron de l'Hostal, maître des requêtes... » Après un moment donné à la surprise, j'entendis un coup de cloche et une voiture roula jusqu'au perron. Bientôt le valet de chambre annonça madame de Courteville et sa fille. Le comte Octave avait une très nombreuse parenté dans sa ligne maternelle. Madame de Courteville sa cousine était veuve d'un juge au Tribunal de la Seine, qui l'avait laissée avec une fille et sans aucune espèce de fortune. Que pouvait être une femme de vingt-neuf ans auprès d'une jeune fille de vingt ans aussi belle que l'imagination pourrait le souhaiter pour une maîtresse idéale ? – « Baron, maître des requêtes, référendaire au sceau en attendant mieux, et ce vieil hôtel pour dot, aurez-vous assez de raisons pour ne pas aimer la comtesse ? » me dit-il à l'oreille en me prenant la main et me présentant à madame de Courteville et à sa fille. Je fus ébloui, non par tant d'avantages que je n'aurais pas osé rêver, mais par Amélie de Courteville dont toutes les beautés étaient mises en relief par une de ces savantes toilettes que les mères font faire à leurs filles quand il s'agit de les marier. Ne parlons pas de moi, dit le consul en faisant une pause.

– Vingt jours après, reprit-il, j'allai demeurer dans la maison du maraîcher qu'on avait nettoyée, arrangée et meublée avec cette célébrité qui s'explique par trois mots : Paris ! l'ouvrier français ! l'argent ! J'étais aussi amoureux que le comte pouvait le désirer pour sa sécurité. La prudence d'un jeune homme de vingt-cinq ans suffirait-elle aux ruses que j'entreprenais et où il s'agissait du bonheur d'un ami ? Pour résoudre cette question, je vous avoue que je comptai beaucoup sur mon oncle, car je fus autorisé par le comte à le mettre dans la confidence au cas où je jugerais son intervention nécessaire. Je pris un jardinier, je me fis fleuriste jusqu'à la manie, je m'occupai furieusement en homme que rien ne pouvait distraire, de défoncer le marais et d'en approprier le terrain à la culture des fleurs. De même que les maniaques de Hollande ou d'Angleterre je me donnai pour monofloriste. Je cultivai spécialement des dahlias en en réunissant toutes les variétés. Vous devinez que ma ligne de conduite, même dans ses plus légères déviations, était tracée par le comte dont toutes les forces intellectuelles furent alors attentives aux moindres événements de la tragi-comédie qui devait se jouer rue Saint-Maur. Aussitôt la comtesse couchée, presque tous les soirs, entre onze heures et minuit, Octave, madame Gobain et moi, nous tenions conseil. J'entendis la vieille rendant compte à Octave des moindres mouvements de sa femme pendant la journée ; il s'informait de tout, des repas, des occupations, de l'attitude, du menu du lendemain, des fleurs qu'elle se proposait d'imiter. Je compris ce qu'est un amour au désespoir, quand il se compose du triple amour qui procède de la tête, du cœur et des sens. Octave ne vivait que pendant cette heure. Pendant deux mois que durèrent les travaux, je ne jetai pas les yeux sur le pavillon où demeurait ma voisine. Je n'avais pas demandé seulement si j'avais une voisine, quoique le jardin de la comtesse et le mien fussent séparés par un palis, le long duquel elle avait fait planter des cyprès déjà hauts de quatre pieds. Un beau matin, madame Gobain annonça comme un grand malheur à sa maîtresse l'intention manifestée par un original devenu son voisin, de faire bâtir à la fin de l'année un mur entre les deux jardins. Je ne vous parle pas de la curiosité qui me dévorait. Voir la comtesse !… ce désir faisait pâlir mon amour naissant pour Amélie de Courteville. Mon projet de bâtir un mur était une affreuse menace. Plus d'air pour Honorine dont le jardin devenait une espèce d'allée serrée entre ma muraille et son pavillon. Ce pavillon, une ancienne maison de plaisir, ressemblait à un château de cartes, il n'avait pas plus de trente pieds de profondeur sur une longueur d'environ cent pieds. La façade peinte à l'allemande figurait un treillage de fleurs jusqu'au premier étage, et présentait un charmant specimen de ce style Pompadour si bien nommé rococo. On arrivait par une longue avenue de tilleuls. Le jardin du pavillon et le marais figuraient une hache dont le manche était représenté par cette avenue. Mon mur allait rogner les trois quarts de la hache. La comtesse en fut désolée, et dit au milieu de son désespoir : – « Ma pauvre Gobain, quel homme est-ce que ce fleuriste ? – Ma foi, dit-elle, je ne sais pas s'il est possible de l'apprivoiser, il paraît avoir les femmes en horreur. C'est le neveu d'un curé de Paris. Je n'ai vu l'oncle qu'une seule fois, un beau vieillard de soixante-quinze ans, bien laid, mais bien aimable. Il se peut bien que ce curé maintienne, comme on le prétend dans le quartier, son neveu dans la passion des fleurs, pour qu'il n'arrive pas pis… – Mais quoi ?

– Eh bien ! votre voisin est un hurluberlu… » fit la Gobain en montrant sa tête. Les fous tranquilles sont les seuls hommes de qui les femmes ne conçoivent aucune méfiance en fait de sentiment. Vous allez voir par la suite combien le comte avait vu juste en me choisissant ce rôle. – « Mais, qu'a-t-il ? demanda la comtesse. – Il a trop étudié, répondit la Gobain, il est devenu sauvage. Enfin, il a des raisons pour ne plus aimer les femmes… là, puisque vous voulez savoir tout ce qui se dit. – Eh bien ! reprit Honorine, les fous m'effraient moins que les gens sages, je lui parlerai, moi ! dis-lui que je le prie de venir. Si je ne réussis pas, je verrai le curé. » Le lendemain de cette conversation, en me promenant dans mes allées tracées, j'entrevis au premier étage du pavillon les rideaux d'une fenêtre écartés et la figure d'une femme posée en curieuse. La Gobain m'aborda. Je regardai brusquement le pavillon et fis un geste brutal, comme si je disais : – Eh ! je me moque bien de votre maîtresse ! – « Madame, dit la Gobain, qui revint rendre compte de son ambassade, le fou m'a priée de le laisser tranquille, en prétendant que charbonnier était maître chez soi, surtout quand il était sans femme. – Il a deux fois raison, répondit la comtesse. – Oui, mais il a fini par me répondre : « J'irai ! » quand je lui ai répondu qu'il ferait le malheur d'une personne qui vivait dans la retraite, et qui puisait de grandes distractions dans la culture des fleurs. » Le lendemain, je sus par un signe de la Gobain qu'on attendait ma visite. Après le déjeuner de la comtesse, au moment où elle se promenait devant son pavillon, je brisai le palis et je vins à elle. J'étais mis en campagnard : vieux pantalon à pied en molleton gris, gros sabots, vieille veste de chasse, casquette en tête, méchant foulard au cou, les mains salies de terre, et un plantoir à la main. – « Madame, c'est le monsieur qui est votre voisin ! » cria la Gobain. La comtesse ne s'était pas effrayée. J'aperçus enfin cette femme que sa conduite et les confidences du comte avaient rendue si curieuse à observer. Nous étions dans les premiers jours du mois de mai. L'air pur, le temps bleu, la verdeur des premières feuilles, la senteur du printemps faisaient un cadre à cette création de la douleur. En voyant Honorine, je conçus la passion d'Octave et la vérité de cette expression : une fleur céleste ! Sa blancheur me frappa tout d'abord par son blanc particulier, car il y a autant de blancs que de rouges et de bleus différents. En regardant la comtesse, l'œil servait à toucher cette peau suave où le sang courait en filets bleuâtres. À la moindre émotion, ce sang se répandait sous le tissu comme une vapeur en nappes rosées. Quand nous nous rencontrâmes, les rayons du soleil en passant à travers le feuillage grêle des acacias environnaient Honorine de ce nimbe jaune et fluide que Raphaël et Titien, seuls parmi tous les peintres, ont su peindre autour de la Vierge. Des yeux bruns exprimaient à la fois la tendresse et la gaieté, leur éclat se reflétait jusque sur le visage, à travers de longs cils abaissés. Par le mouvement de ses paupières soyeuses, Honorine vous jetait un charme, tant il y avait de sentiment, de majesté, de terreur, de mépris dans sa manière de relever ou d'abaisser ce voile de l'âme. Enfin, elle pouvait vous glacer ou vous animer par un regard. Ses cheveux cendrés, rattachés négligemment sur sa tête, lui dessinaient un front de poëte, large, puissant, rêveur. La bouche était entièrement voluptueuse. Enfin, privilége rare en France, mais commun en Italie, toutes les lignes, les contours de cette tête avaient un caractère de noblesse qui devait arrêter les outrages du temps. Quoique svelte, Honorine n'était pas maigre, et ses formes me semblèrent être de celles qui réveillent encore l'amour quand il se croit épuisé. Elle méritait bien l'épithète de mignonne, car elle appartenait à ce genre de petites femmes souples qui se laissent prendre, flatter, quitter et reprendre comme des chattes. Ses petits pieds que j'entendis sur le sable y faisaient un bruit léger qui leur était propre et qui s'harmoniait au bruissement de la robe ; il en résultait une musique féminine qui se gravait dans le cœur et devait se distinguer entre la démarche de mille femmes. Son port rappelait tous ses quartiers de noblesse avec tant de fierté, que dans les rues les prolétaires les plus audacieux devaient se ranger pour elle. Gaie, tendre, fière et imposante, on ne la comprenait pas autrement que douée de ces qualités qui semblent s'exclure, et qui la laissaient néanmoins enfant. Mais l'enfant pouvait devenir forte comme l'ange ; et, comme l'ange, une fois blessée dans sa nature, elle devait être implacable. La froideur sur ce visage était sans doute la mort pour ceux à qui ses yeux avaient souri, pour qui ses lèvres s'étaient dénouées, pour ceux dont l'âme avait accueilli la mélodie de cette voix qui donnait à la parole la poésie du chant par des accentuations particulières. En sentant le parfum de violette qu'elle exhalait, je compris comment le souvenir de cette femme avait cloué le comte au seuil de la Débauche, et comme on ne pouvait jamais oublier celle qui vraiment était une fleur pour le toucher, une fleur pour le regard, une fleur pour l'odorat, une fleur céleste pour l'âme... Honorine inspirait le dévouement, un dévouement chevaleresque et sans récompense. On se disait en la voyant : « Pensez, je devinerai ; parlez, j'obéirai. Si ma vie, perdue dans un supplice, peut vous procurer un jour de bonheur, prenez ma vie : je sourirai comme les martyrs sur leurs bûchers, car j'apporterai cette journée à Dieu comme un gage auquel obéit un père en reconnaissant une fête donnée à son enfant. » Bien des femmes se composent une physionomie et arrivent à produire des effets semblables à ceux qui vous eussent saisi à l'aspect de la comtesse ; mais chez elle tout procédait d'un délicieux naturel, et ce naturel inimitable allait droit au cœur. Si je vous en parle ainsi, c'est qu'il s'agit uniquement de son âme, de ses pensées, des délicatesses de son cœur, et que vous m'eussiez reproché de ne pas vous l'avoir crayonnée. Je faillis oublier mon rôle d'homme quasi fou, brutal et peu chevaleresque. – « On m'a dit, madame, que vous aimiez les fleurs. – Je suis ouvrière fleuriste, monsieur, répondit-elle. Après avoir cultivé les fleurs, je les copie, comme une mère qui serait assez artiste pour se donner le plaisir de peindre ses enfants... N'est-ce pas assez vous dire que je suis pauvre et hors d'état de payer la concession que je veux obtenir de vous. – Et comment, repris-je avec la gravité d'un magistrat, une personne qui semble aussi distinguée que vous exerce-t-elle un pareil état ? Avez-vous donc comme moi des raisons pour occuper vos doigts afin de ne pas laisser travailler votre tête ? – Restons sur le mur mitoyen, répondit-elle en souriant. – Mais nous sommes aux fondations, dis-je. Ne faut-il pas que je sache, de nos deux douleurs, ou, si vous voulez, de nos deux manies, laquelle doit céder le pas à l'autre ?... Ah ! le joli bouquet de narcisses ! elles sont aussi fraîches que cette matinée ! » Je vous déclare qu'elle s'était créé comme un musée de fleurs et d'arbustes, où le soleil seul pénétrait, dont l'arrangement était dicté par un génie artiste et que le plus insensible des propriétaires aurait respecté. Les masses de fleurs, étagées avec une science de fleuriste ou disposées en bouquets, produisaient des effets doux à l'âme. Ce jardin recueilli, solitaire, exhalait des baumes consolateurs et n'inspirait que de douces pensées, des images gracieuses, voluptueuses même. On y reconnaissait cette ineffaçable signature que notre vrai caractère imprime en toutes choses quand rien ne nous contraint d'obéir aux diverses hypocrisies, d'ailleurs nécessaires, qu'exige la Société. Je regardais alternativement le monceau de narcisses et la comtesse, en paraissant plus amoureux des fleurs que d'elle, pour jouer mon rôle. – « Vous aimez donc bien les fleurs ? me dit-elle. – C'est, lui dis-je, les seuls êtres qui ne trompent pas nos soins et notre tendresse. » Je fis une tirade si violente en établissant un parallèle entre la botanique et le monde, que nous nous trouvâmes à mille lieues du mur mitoyen, et que la comtesse dut me prendre pour un être souffrant, blessé, digne de pitié. Néanmoins, après une demi-heure, ma voisine me ramena naturellement à la question ; car les femmes, quand elles n'aiment pas, ont toutes le sang-froid d'un vieil avoué. – « Si vous voulez laisser subsister le palis, lui dis-je, vous apprendrez tous les secrets de culture que je veux cacher, car je cherche le dalhia bleu, la rose bleue, je suis fou des fleurs bleues. Le bleu n'est-il pas la couleur favorite des belles âmes ? Nous ne sommes ni l'un ni l'autre chez nous : autant vaudrait y mettre une petite porte à claire-voie qui réunirait nos jardins… Vous aimez les fleurs, vous verrez les miennes, je verrai les vôtres. Si vous ne recevez personne, je ne suis visité que par mon oncle, le curé des Blancs-Manteaux. – Non, dit-elle, je ne veux donner à personne le droit d'entrer dans mon jardin, chez moi, à toute heure. Venez-y, vous serez toujours reçu, comme un voisin avec qui je veux vivre en bonnes relations ; mais j'aime trop ma solitude pour la grever d'une dépendance quelconque. – Comme vous voudrez ! » dis-je. Et je sautai d'un bond par-dessus le palis. – « A quoi sert une porte ? » m'écriai-je quand je fus sur mon terrain en revenant à la comtesse et la narguant par un geste, par une grimace de fou. Je restai quinze jours sans paraître penser à ma voisine. Vers la fin du mois de mai, par une belle soirée, il se trouva que nous étions chacun d'un côté du palis, nous promenant à pas lents. Arrivés au bout, il fallut bien échanger quelques paroles de politesse ; elle me trouva si profondément accablé, plongé dans une rêverie si douloureuse, qu'elle me parla d'espérance en me jetant des phrases qui ressemblaient à ces chants par lesquels les nourrices endorment les enfants. Enfin je franchis la haie, et me trouvai pour la seconde fois près d'elle. La comtesse me fit entrer chez elle en voulant apprivoiser ma douleur. Je pénétrai donc enfin dans ce sanctuaire où tout était en harmonie avec la femme que j'ai tâché de vous dépeindre. Il y régnait une exquise simplicité. À l'intérieur, ce pavillon était bien la bonbonnière inventée par l'art du dix-huitième siècle pour les jolies débauches d'un grand seigneur. La salle à manger, sise au rez-de-chaussée, était couverte de peintures à fresque représentant des treillages de fleurs d'une admirable et merveilleuse exécution. La cage de l'escalier offrait de charmantes décorations en camaïeu. Le petit salon, qui faisait face à la salle à manger, était prodigieusement dégradé ; mais la comtesse y avait tendu des tapisseries pleines de fantaisies et provenant d'anciens paravents. Une salle de bain y attenait. Au-dessus, il n'y avait qu'une chambre avec son cabinet de toilette et une bibliothèque métamorphosée en atelier. La cuisine était cachée dans les caves sur lesquelles le pavillon s'élevait, car il fallait y monter par un perron de quelques marches. Les balustres de la galerie et ses guirlandes de fleurs Pompadour déguisaient la toiture, dont on ne voyait que les bouquets de plomb. On se trouvait dans ce séjour à cent lieues de Paris. Sans le sourire amer qui se jouait parfois sur les belles lèvres rouges de cette femme pâle, on aurait pu croire au bonheur de cette violette ensevelie dans sa forêt de fleurs. Nous arrivâmes en quelques jours à une confiance engendrée par le voisinage et par la certitude où fut la comtesse de ma complète indifférence pour les femmes. Un regard aurait tout compromis, et jamais je n'eus une pensée pour elle dans les yeux ! Honorine voulut voir en moi comme un vieil ami. Ses manières avec moi procédèrent d'une sorte de compassion. Ses regards, sa voix, ses discours, tout disait qu'elle était à mille lieues des coquetteries que la femme la plus sévère se fût peut-être permises en pareil cas. Elle me donna bientôt le droit de venir dans le charmant atelier où elle faisait ses fleurs, une retraite pleine de livres et de curiosités, parée comme un boudoir, et où la richesse relevait la vulgarité des instruments du métier. La comtesse avait, à la longue, poétisé, pour ainsi dire, ce qui est l'antipode de la poésie, une fabrique. Peut-être, de tous les ouvrages que puissent faire les femmes, les fleurs artificielles sont-elles celui dont les détails leur permettent de déployer le plus de grâces. Pour colorier, une femme doit rester penchée sur une table et s'adonner, avec une certaine attention, à cette demi-peinture. La tapisserie, faite comme doit la faire une ouvrière qui veut gagner sa vie, est une cause de pulmonie ou de déviation de l'épine dorsale. La gravure des planches de musique est un des travaux les plus tyranniques par sa minutie, par le soin, par la compréhension qu'il exige. La couture, la broderie ne donnent pas trente sous par jour. Mais la fabrication des fleurs et celle des modes nécessitent une multitude de mouvements, de gestes, des idées même qui laissent une jolie femme dans sa sphère : elle est encore elle-même, elle peut causer, rire, chanter ou penser. Certes, il y avait un sentiment de l'art dans la manière dont la comtesse disposait sur une longue table de sapin jaune les myriades de pétales colorés qui servaient à composer les fleurs qu'elle avait décidées. Les godets à couleur étaient de porcelaine blanche, et toujours propres, rangés de façon à permettre à l'œil de trouver aussitôt la nuance voulue dans la gamme des tons. La noble artiste économisait ainsi son temps. Un joli meuble d'ébène, incrusté d'ivoire, aux cent tiroirs vénitiens, contenait les matrices d'acier avec lesquelles elle frappait ses feuilles ou certains pétales. Un magnifique bol japonais contenait la colle qu'elle ne laissait jamais aigrir, et auquel elle avait fait adapter un couvercle à charnière si léger, si mobile qu'elle le soulevait du bout du doigt. Le fil d'archal, le laiton se cachaient dans un petit tiroir de sa table de travail, devant elle. Sous ses yeux s'élevait, dans un verre de Venise, épanoui comme un calice sur sa tige, le modèle vivant de la fleur avec laquelle elle essayait de lutter. Elle se passionnait pour les chefs-d'œuvre, elle abordait les ouvrages les plus difficiles, les grappes, les corolles les plus menues, les bruyères, les nectaires aux nuances les plus capricieuses. Ses mains, aussi agiles que sa pensée, allaient de sa table à sa fleur, comme celles d'un artiste sur les touches d'un piano. Ses doigts semblaient être fées, pour se servir d'une expression de Perrault, tant ils cachaient, sous la grâce du geste, les différentes forces de torsion, d'application, de pesanteur nécessaires à cette œuvre, en mesurant avec la lucidité de l'instinct chaque mouvement au résultat. Je ne me lassais pas de l'admirer montant une fleur dès que les éléments s'en trouvaient rassemblés devant elle, et cotonnant, perfectionnant une tige, y attachant les feuilles. Elle déployait le génie des peintres dans ses audacieuses entreprises, elle copiait des feuilles flétries, des feuilles jaunes ; elle luttait avec les fleurs des champs, de toutes les plus naïves, les plus compliquées dans leur simplicité. – « Cet art, me disait-elle, est dans l'enfance. Si les Parisiennes avaient un peu du génie que l'esclavage du harem exige chez les femmes de l'Orient, elles donneraient tout un langage aux fleurs posées sur leur tête. J'ai fait, pour ma satisfaction d'artiste, des fleurs fanées avec les feuilles couleur bronze florentin comme il s'en trouve après ou avant l'hiver… Cette couronne, sur une tête de jeune femme dont la vie est manquée, ou qu'un chagrin secret dévore, manquerait-elle de poésie ? Combien de choses une femme ne pourrait-elle pas dire avec sa coiffure ? N'y a-t-il pas des fleurs pour les bacchantes ivres, des fleurs pour les sombres et rigides dévotes, des fleurs soucieuses pour les femmes ennuyées ? La botanique exprime, je crois, toutes les sensations et les pensées de l'âme, même les plus délicates ! » Elle m'employait à frapper ses feuilles, à des découpages, à des préparations de fil de fer pour les tiges. Mon prétendu désir de distraction me rendit promptement habile. Nous causions tout en travaillant. Quand je n'avais rien à faire, je lui lisais les nouveautés, car je ne devais pas perdre de vue mon rôle, et je jouais l'homme fatigué de la vie, épuisé de chagrins, morose, sceptique, âpre. Mon personnage me valait d'adorables plaisanteries sur la ressemblance purement physique, moins le pied bot, qui se trouvait entre lord Byron et moi. Il passait pour constant que ses malheurs à elle, sur lesquels elle voulait garder le plus profond silence, effaçaient les miens, quoique déjà les causes de ma misanthropie eussent pu satisfaire Young et Job. Je ne vous parlerai pas des sentiments de honte qui me torturaient en me mettant au cœur, comme les pauvres de la rue, de fausses plaies pour exciter la pitié de cette adorable femme. Je compris bientôt l'étendue de mon dévouement en comprenant toute la bassesse des espions. Les témoignages de sympathie que je recueillis alors eussent consolé les plus grandes infortunes. Cette charmante créature, sevrée du monde, seule depuis tant d'années, ayant en dehors de l'amour des trésors d'affection à dépenser, elle me les offrit avec d'enfantines effusions, avec une pitié qui certes eût rempli d'amertume le roué qui l'aurait aimée ; car, hélas ! elle était tout charité, tout compatissance. Son renoncement à l'amour, son effroi de ce qu'on appelle le bonheur pour la femme, éclataient avec autant de force que de naïveté. Ces heureuses journées me prouvèrent que l'amitié des femmes est de beaucoup supérieure à leur amour. Je m'étais fait arracher les confidences de mes chagrins avec autant de simagrées que s'en permettent les jeunes personnes avant de s'asseoir au piano, tant elles ont la conscience de l'ennui qui s'ensuit. Comme vous le devinez, la nécessité de vaincre ma répugnance à parler avait forcé la comtesse à serrer les liens de notre intimité ; mais elle retrouvait si bien en moi sa propre antipathie contre l'amour qu'elle me parut heureuse du hasard qui lui avait envoyé dans son île déserte une espèce de Vendredi. Peut-être la solitude commençait-elle à lui peser. Néanmoins elle était sans la moindre coquetterie, elle n'avait plus rien de la femme, elle ne se sentait un cœur, me disait-elle, que dans le monde idéal où elle se réfugiait. Involontairement je comparais entre elle ces deux existences, celle du comte, tout action, tout agitation, tout émotion ; celle de la comtesse, tout passivité, tout inactivité, tout immobilité. La femme et l'homme obéissaient admirablement à leur nature. Ma misanthropie autorisait contre les hommes et contre les femmes de cyniques sorties que je me permettais en espérant amener Honorine sur le terrain des aveux ; mais elle ne se laissait prendre à aucun piège et je commençais à comprendre cet entêtement de mule, plus commun qu'on ne le pense chez les femmes. – « Les Orientaux ont raison, lui dis-je un soir, de vous renfermer en ne vous considérant que comme les instruments de leurs plaisirs. L'Europe est bien punie de vous avoir admises à faire partie du monde et de vous y accepter sur un pied d'égalité. Selon moi la femme est l'être le plus improbe et le plus lâche qui puisse se rencontrer. Et c'est là d'ailleurs d'où lui viennent ses charmes : le beau plaisir de chasser un animal domestique ! Quand une femme a inspiré une passion à un homme, elle lui est toujours sacrée, elle est, à ses yeux, revêtue d'un privilége imprescriptible. Chez l'homme, la reconnaissance pour les plaisirs passés est éternelle. S'il retrouve sa maîtresse ou vieille ou indigne de lui, cette femme a toujours des droits sur son cœur ; mais, pour vous autres, un homme que vous avez aimé n'est plus rien ; bien plus il a un tort impardonnable, celui de vivre !... Vous n'osez pas l'avouer ; mais vous avez toutes au cœur la pensée que les calomnies populaires appelées tradition prêtent à la dame de la tour de Nesle : Quel dommage qu'on ne puisse se nourrir d'amour comme on se nourrit de fruits ! et que d'un repas fait, il ne puisse pas ne vous rester que le sentiment du plaisir !... – Dieu, dit-elle, a sans doute réservé ce bonheur parfait pour le paradis. Mais, reprit-elle, si votre argumentation vous semble très spirituelle, elle a pour moi le malheur d'être fausse. Qu'est-ce que c'est que des femmes qui s'adonnent à plusieurs amours ? me demanda-t-elle en me regardant comme la Vierge d'Ingres regarde Louis XIII lui offrant son royaume. – Vous êtes une comédienne de bonne foi, lui répondis-je, car vous venez de me jeter de ces regards qui feraient la gloire d'une actrice. Mais, belle comme vous êtes, vous avez aimé ; donc vous oubliez. – Moi, répondit-elle en éludant ma question, je ne suis pas une femme, je suis une religieuse arrivée à soixante-douze ans. – Comment alors pouvez-vous affirmer avec autant d'autorité que vous sentez plus vivement que moi ? Le malheur pour les femmes n'a qu'une forme, elles ne comptent pour des infortunes que les déceptions du cœur. » Elle me regarda d'un air doux, et fit comme toutes les femmes qui, pressées entre les deux portes d'un dilemme, ou saisies par les griffes de la vérité, n'en persistent pas moins dans leur vouloir, elle me dit : – « Je suis religieuse, et vous me parlez d'un monde où je ne puis plus mettre les pieds. – Pas même par la pensée ? lui dis-je. – Le monde est-il si digne d'envie ? répondit-elle. Oh ! quand ma pensée s'égare, elle va plus haut... L'ange de la perfection, le beau Gabriel, chante souvent dans mon cœur, fit-elle. Je serais riche, je n'en travaillerais pas moins pour ne pas monter trop souvent sur les ailes diaprées de l'Ange et aller dans le royaume de la

fantaisie. Il y a des contemplations qui nous perdent, nous autres femmes !
Je dois à mes fleurs beaucoup de tranquillité, quoiqu'elles ne réussissent
pas toujours à m'occuper. En de certains jours j'ai l'âme envahie par une
attente sans objet ; je ne puis bannir une pensée qui s'empare de moi, qui
semble alourdir mes doigts. Je crois qu'il se prépare un grand événement,
que ma vie va changer ; j'écoute dans le vague, je regarde aux ténèbres, je
suis sans goût pour mes travaux, et je retrouve, après mille fatigues, la
vie... la vie ordinaire. Est-ce un pressentiment du ciel, voilà ce que je me
demande !... » Après trois mois de lutte entre deux diplomates cachés
sous la peau d'une mélancolie juvénile, et une femme que le dégoût rendait invincible, je dis au comte qu'il paraissait impossible de faire sortir
cette tortue de dessous sa carapace, il fallait casser l'écaille. La veille,
dans une dernière discussion tout amicale, la comtesse s'était écriée :
– « Lucrèce a écrit avec son poignard et son sang le premier mot de la
charte des femmes : Liberté ! » Le comte me donna dès lors carte blanche.
– « J'ai vendu cent francs les fleurs et les bonnets que j'ai faits cette semaine ! » me dit joyeusement Honorine un samedi soir où je vins la trouver dans ce petit salon du rez-de-chaussée dont les dorures avaient été
remises à neuf par le faux propriétaire. Il était dix heures. Un crépuscule
de juillet et une lune magnifique apportaient leurs nuageuses clartés. Des
bouffées de parfums mélangés caressaient l'âme, la comtesse faisait tintinnuler dans sa main les cinq pièces d'or d'un faux commissionnaire en
modes, autre compère d'Octave, qu'un juge, monsieur Popinot, lui avait
trouvé.

– « Gagner sa vie en s'amusant, dit-elle, être libre, quand les hommes,
armés de leurs lois, ont voulu nous faire esclaves ! Oh ! chaque samedi j'ai
des accès d'orgueil. Enfin, j'aime les pièces d'or de monsieur Gaudissart
autant que lord Byron, votre Sosie, aimait celles de Murray. – Ceci n'est
guère le rôle d'une femme, repris-je. – Bah ! suis-je une femme ? Je suis
un garçon doué d'une âme tendre, voilà tout ; un garçon qu'aucune femme
ne peut tourmenter... – Votre vie est une négation de tout votre être, répondis-je. Comment, vous pour qui Dieu dépensa ses plus curieux trésors

d'amour et de beauté, ne désirez-vous pas parfois... – Quoi ? dit-elle, assez inquiète d'une phrase qui, pour la première fois, démentait mon rôle. – Un joli enfant à cheveux bouclés, allant, venant parmi ces fleurs, comme une fleur de vie et d'amour, vous criant : « Maman !... » J'attendis une réponse. Un silence un peu trop prolongé me fit apercevoir le terrible effet de mes paroles que l'obscurité m'avait caché. Inclinée sur son divan, la comtesse était non pas évanouie, mais froidie par une attaque nerveuse dont le premier frémissement, doux comme tout ce qui émanait d'elle, avait ressemblé, dit-elle plus tard, à l'envahissement du plus subtil des poisons. J'appelai madame Gobain, qui vint et emporta sa maîtresse, la mit sur son lit, la délaça, la déshabilla, la rendit non pas à la vie, mais au sentiment d'une horrible douleur. Je me promenais en pleurant dans l'allée qui longeait le pavillon, en doutant du succès. Je voulais résigner ce rôle d'oiseleur, si imprudemment accepté. Madame Gobain, qui descendit et me trouva le visage baigné de larmes, remonta promptement pour dire à la comtesse : – « Madame, que s'est-il donc passé ? monsieur Maurice pleure à chaudes larmes et comme un enfant ? » Stimulée par la dangereuse interprétation que pouvait recevoir notre mutuelle attitude, elle trouva des forces surhumaines, prit un peignoir, redescendit et vint à moi. – « Vous n'êtes pas la cause de cette crise, me dit-elle ; je suis sujette à des spasmes, des espèces de crampes au cœur !... – Et vous voulez me taire vos chagrins ?... lui dis-je en essuyant mes larmes et avec cette voix qui ne se feint pas. Ne venez-vous pas de m'apprendre que vous avez été mère, que vous avez eu la douleur de perdre votre enfant ? – Marie ! cria-t-elle brusquement en sonnant. La Gobain se présenta. – De la lumière et le thé, » lui dit-elle avec le sang-froid d'une lady harnachée d'orgueil par cette atroce éducation britannique que vous savez. Quand la Gobain eut allumé les bougies et fermé les persiennes, la comtesse m'offrit un visage muet ; déjà, son indomptable fierté, sa gravité de sauvage avaient repris leur empire ; elle me dit : – « Savez-vous pourquoi j'aime tant lord Byron ?... Il a souffert comme souffrent les animaux. À quoi bon la plainte quand elle n'est pas une élégie comme celle de Manfred, une moquerie amère comme celle de don Juan, une rêverie comme celle de Childe Harold ? on ne saura rien de moi !… Mon cœur est un poëme que j'apporte à Dieu ! – Si je voulais… dis-je. – Si ? répéta-t-elle. – Je ne m'intéresse à rien, répondis-je, je ne puis pas être curieux ; mais, si je le voulais, je saurais demain tous vos secrets. – Je vous en défie ! me dit-elle avec une anxiété mal déguisée. – Est-ce sérieux ? – Certes, me dit-elle en hochant la tête, je dois savoir si ce crime est possible. – D'abord, madame, répondis-je en lui montrant ses mains, ces jolis doigts, qui disent assez que vous n'êtes pas une jeune fille, étaient-ils faits pour le travail ? Puis, vous nommez-vous madame Gobain ? vous qui devant moi, l'autre jour, avez en recevant une lettre dit à Marie : « Tiens, c'est pour toi. » Marie est la vraie madame Gobain. Donc, vous cachez votre nom sous celui de votre intendante. Oh ! madame, de moi, ne craignez rien. Vous avez en moi l'ami le plus dévoué que vous aurez jamais… Ami, entendez-vous bien ? Je donne à ce mot sa sainte et touchante acception, si profanée en France où nous en baptisons nos ennemis. Cet ami, qui vous défendrait contre tout, vous veut aussi heureuse que doit l'être une femme comme vous. Qui sait si la douleur que je vous ai causée involontairement n'est pas une action volontaire ? – Oui, reprit-elle avec une audace menaçante, je le veux, devenez curieux, et dites-moi tout ce que vous pourrez apprendre sur moi ; mais…, fit elle en levant le doigt, vous me direz aussi par quels moyens vous aurez eu ces renseignements. La conservation du faible bonheur dont je jouis ici dépend de vos démarches. – Cela veut dire que vous vous enfuirez… – À tire d'aile ! s'écria-t-elle, et dans le Nouveau-Monde… – Où vous serez, repris-je en l'interrompant, à la merci de la brutalité des passions que vous inspirerez. N'est-il pas de l'essence du génie et de la beauté de briller, d'attirer les regards, d'exciter les convoitises et les méchancetés ? Paris est le désert sans les Bédouins ; Paris est le seul lieu du monde où l'on puisse cacher sa vie quand on doit vivre de son travail. De quoi vous plaignez-vous ? Que suis-je ? un domestique de plus, je suis monsieur Gobain, voilà tout. Si vous avez quelque duel à soutenir, un témoin peut vous être nécessaire. – N'importe, sachez qui je suis. J'ai déjà dit : je veux ! maintenant je vous en prie, reprit-elle avec une grâce (que vous avez à commandement, fit le consul en regardant les femmes). – Eh bien ! demain à pareille heure je vous dirai ce que j'aurai découvert, lui répondis-je. Mais n'allez pas me prendre en haine ? Agiriez-vous comme les autres femmes ? – Que font les autres femmes ?... – Elles nous ordonnent d'immenses sacrifices, et quand ils sont accomplis, elles nous les reprochent, quelque temps après, comme une injure. – Elles ont raison, si ce qu'elles ont demandé vous a paru des sacrifices... reprit-elle avec malice. – Remplacez le mot sacrifice par le mot efforts, et... – Ce sera, fit-elle, une impertinence. – Pardonnez-moi, lui dis-je, j'oubliais que la femme et le pape sont infaillibles. – Mon Dieu, dit-elle après une longue pause, deux mots seulement peuvent troubler cette paix si chèrement achetée et dont je jouis comme d'une fraude... » Elle se leva, ne fit plus attention à moi. – « Où aller ? dit-elle. Que devenir ?... Faudra-t-il quitter cette douce retraite, arrangée avec tant de soin pour y finir mes jours ? – Y finir vos jours ? lui dis-je avec un effroi visible. N'avez-vous donc jamais pensé qu'il viendrait un moment où vous ne pourriez plus travailler, où le prix des fleurs et des modes baissera par la concurrence ?... – J'ai déjà mille écus d'économies, dit-elle. – Mon Dieu ! combien de privations cette somme ne représente-t-elle pas ?... m'écriai-je. – À demain, me dit-elle, laissez-moi. Ce soir, je ne suis plus moi-même, je veux être seule. Ne dois-je pas recueillir mes forces, en cas de malheur ; car, si vous saviez quelque chose, d'autres que vous seraient instruits, et alors... Adieu, dit-elle d'un ton bref et avec un geste impératif. – À demain le combat, » répondis-je en souriant, afin de ne pas perdre le caractère d'insouciance que je donnais à cette scène. Mais en sortant par la longue avenue, je répétai : À demain le combat ! Et le comte que j'allai, comme tous les soirs, trouver sur le boulevard, s'écria de même : À demain le combat ! L'anxiété d'Octave égalait celle d'Honorine. Nous restâmes, le comte et moi, jusqu'à deux heures du matin à nous promener le long des fossés de la Bastille, comme deux généraux qui, la veille d'une bataille, évaluent toutes les chances, examinent le terrain, et reconnaissent qu'au milieu de la lutte la victoire dépend d'un hasard à saisir. Ces deux êtres séparés violemment allaient veiller tous deux, l'un dans l'espérance, l'autre dans l'angoisse d'une réunion. Les drames de le vie ne sont pas dans les circonstances, ils sont dans les sentiments, ils se jouent dans le cœur, ou, si vous voulez dans ce monde immense que nous devons nommer le Monde Spirituel. Octave et Honorine agissaient, vivaient uniquement dans ce monde des grands esprits. Je fus exact. À dix heures du soir, pour la première fois, on m'admit dans une charmante chambre, blanche et bleue, dans le nid de cette colombe blessée. La comtesse me regarda, voulut me parler et fut atterrée par mon air respectueux. – « Madame la comtesse… » lui dis-je en souriant avec gravité. La pauvre femme, qui s'était levée, retomba sur son fauteuil et y resta plongée dans une attitude de douleur que j'aurais voulu voir saisie par un grand peintre. – « Vous êtes, dis-je en continuant, la femme du plus noble et du plus considéré des hommes, d'un homme qu'on trouve grand, mais qui l'est bien plus envers vous qu'il ne l'est aux yeux de tous. Vous et lui, vous êtes deux grands caractères. Où croyez-vous être ici ? lui demandai-je. – Chez moi, répondit-elle en ouvrant des yeux que l'étonnement rend fixes. – Chez le comte Octave ! répondis-je. Nous sommes joués. Monsieur Lenormand, le greffier de la Cour, n'est pas le vrai propriétaire, mais le prête-nom de votre mari. L'admirable tranquillité dont vous jouissez est l'ouvrage du comte, l'argent que vous gagnez vient du comte dont la protection descend aux plus menus détails de votre existence. Votre mari vous a sauvée aux yeux du monde, il a donné des motifs plausibles à votre absence, il espère ostensiblement ne pas vous avoir perdue dans le naufrage de la Cécile, vaisseau sur lequel vous vous êtes embarquée pour aller à la Havane, pour une succession à recueillir d'une vieille parente qui aurait pu vous oublier ; vous y êtes allée en compagnie de deux femmes de sa famille et d'un vieil intendant ! Le comte dit avoir envoyé des agents sur les lieux et avoir reçu des lettres qui lui donnent beaucoup d'espoir… Il prend pour vous cacher à tous les regards autant de précautions que vous en prenez vous-même… Enfin, il vous obéit… – Assez, répondit-elle. Je ne veux plus savoir qu'une seule chose. De qui tenez-vous ces détails ? – Eh ! mon Dieu, madame, mon oncle a placé chez le commissaire de police de ce quartier un jeune homme sans fortune en qualité de secrétaire. Ce jeune homme m'a tout dit. Si vous quittiez ce pavillon ce soir, furtivement, votre mari saurait où vous iriez, et sa protection vous suivrait partout. Comment une femme d'esprit a-t-elle pu croire que des marchands pouvaient acheter des fleurs et des bonnets aussi cher qu'ils les vendent ? Demandez mille écus d'un bouquet, vous les aurez ! Jamais tendresse de mère ne fut plus ingénieuse que celle de votre mari. J'ai su par le concierge de votre maison que le comte vient souvent, derrière la haie, quand tout repose, voir la lumière de votre lampe de nuit ! Votre grand châle de cachemire vaut six mille francs… Votre marchande à la toilette vous vend du vieux qui vient des meilleures fabriques… Enfin, vous réalisez ici Vénus dans les filets de Vulcain ; mais vous êtes emprisonnée seule, et par les inventions d'une générosité sublime, sublime depuis sept ans et à toute heure. » La comtesse tremblait comme tremble une hirondelle prise, et qui, dans la main où elle est, tend le cou, regarde autour d'elle d'un œil fauve. Elle était agitée par une convulsion nerveuse et m'examinait par un regard défiant. Ses yeux secs jetaient une lueur presque chaude ; mais elle était femme !… il y eut un moment où les larmes se firent jour, et elle pleura, non pas qu'elle fût touchée, elle pleura de son impuissance, elle pleura de désespoir. Elle se croyait indépendante et libre, le mariage pesait sur elle comme la prison sur le captif. – « J'irai, disait-elle à travers ses larmes, il m'y force, j'irai là où, certes, personne ne me suivra ! – Ah ! dis-je, vous voulez vous tuer… Tenez, madame, vous devez avoir des raisons bien puissantes pour ne pas vouloir revenir chez le comte Octave. – Oh ! certes ! – Eh bien ! dites-les-moi, dites-les à mon oncle ; vous aurez en nous deux conseillers dévoués. Si mon oncle est prêtre dans un confessionnal, il ne l'est jamais dans un salon. Nous vous écouterons, nous essaierons de trouver une solution aux problèmes que vous poserez ; et si vous êtes la dupe ou la victime de quelque malentendu, peut-être pourrons-nous le faire cesser. Votre âme me semble pure ; mais si vous avez commis une faute, elle est bien expiée… Enfin, songez que vous avez en moi l'ami le plus sincère. Si vous voulez vous soustraire à la tyrannie du comte, je vous en donnerai les moyens, il ne vous trouvera jamais. – Oh ! il y a le couvent, dit-elle. – Oui, mais le comte, devenu Ministre d'État, vous ferait refuser par tous les couvents du monde. Quoiqu'il soit bien puissant, je vous sauverai de lui… mais… quand vous m'aurez démontré que vous ne pouvez pas, que vous ne devez pas revenir à lui. Oh ! ne croyez pas que vous fuiriez sa puissance pour tomber sous la mienne, repris-je en recevant d'elle un regard horrible de défiance et plein de noblesse exagérée. Vous aurez la paix, la solitude et l'indépendance ; enfin, vous serez aussi libre et aussi respectée que si vous étiez une vieille fille laide et méchante. Je ne pourrai pas, moi-même, vous voir sans votre consentement. – Et comment ? par quels moyens ? – Ceci, madame, est mon secret. Je ne vous trompe point, soyez-en certaine. Démontrez-moi que cette vie est la seule que vous puissiez mener, qu'elle est préférable à celle de la comtesse Octave, riche, honorée, dans un des plus beaux hôtels de Paris, chérie de son mari, mère heureuse… et, je vous donne gain de cause… – Mais, dit-elle, est-ce jamais un homme qui me comprendra !…

– Non, répondis-je. Aussi ai-je appelé la Religion pour nous juger. Le curé des Blancs-Manteaux est un saint de soixante-quinze ans. Mon oncle n'est pas le Grand Inquisiteur, il est saint Jean ; mais il se fera Fénélon pour vous, le Fénélon qui disait au duc de Bourgogne : « Mangez un veau le vendredi ; mais soyez chrétien, monseigneur ? » – Allez, monsieur, le couvent est ma dernière ressource, et mon seul asile. Il n'y a que Dieu pour me comprendre. Aucun homme, fût-il saint Augustin, le plus tendre des pères de l'Église, ne pourrait entrer dans les scrupules de ma conscience, qui pour moi sont les cercles infranchissables de l'enfer de Dante. Un autre que mon mari, un autre, quelque indigne qu'il fût de cette offrande, a eu tout mon amour ! Il ne l'a pas eu, car il ne l'a pas pris ; je le lui ai donné comme une mère donne à son enfant un jouet merveilleux que l'enfant brise. Il n'y avait pas deux amours pour moi. L'amour pour certaines âmes ne s'essaie pas : ou il est, ou il n'est pas. Quand il se montre, quand il se lève, il est tout entier. Eh bien ! cette vie de dix-huit mois a été pour moi une vie de dix-huit ans, j'y ai mis toutes les facultés de mon être, elles ne se sont pas appauvries par leur effusion, elles se sont épuisées dans cette intimité trompeuse où moi seule étais franche. La coupe du bonheur n'est pas vide, monsieur, elle est vidée !… rien ne peut plus la remplir, car elle est brisée. Je suis hors de combat, je n'ai plus d'armes… Après m'être ainsi livrée tout entière, que suis-je ? le rebut d'une fête. On ne m'a donné qu'un nom, Honorine ; comme je n'avais qu'un cœur. Mon mari a eu la jeune fille, un indigne amant a eu la femme, il n'y a plus rien ! Me laisser aimer ?… voilà le grand mot que vous allez me dire. Oh ! je suis encore quelque chose, et je me révolte à l'idée d'être une prostituée ! Oui, j'ai vu clair à la lueur de l'incendie ; et, tenez… je concevrais de céder à l'amour d'un autre ; mais à Octave ?… Oh ! jamais. – Oh ! vous l'aimez, lui dis-je. – Je l'estime, je le respecte, je le vénère, il ne m'a pas fait le moindre mal, il est bon, il est tendre ; mais je ne puis plus aimer… D'ailleurs, dit-elle, ne parlons plus de ceci. La discussion amoindrit tout. Je vous exprimerai par écrit mes idées à ce sujet ; car, en ce moment, elles m'étouffent, j'ai la fièvre, je suis les pieds dans les cendres de mon Paraclet. Tout ce que je vois, ces choses que je croyais conquises par mon travail me rappellent maintenant tout ce que je voulais oublier. Ah ! c'est à fuir d'ici, comme je me suis en allée de ma maison. – Pour aller où ? dis-je. Une femme peut-elle exister sans protecteur ? Est-ce à trente ans, dans toute la gloire de la beauté, riche de forces que vous ne soupçonnez pas, pleine de tendresses à donner, que vous irez vivre au désert où je puis vous cacher ?… Soyez en paix. Le comte, qui en cinq ans ne s'est pas fait apercevoir ici, n'y pénétrera jamais que de votre consentement. Vous avez sa sublime vie pendant neuf ans pour garantie de votre tranquillité. Vous pouvez donc délibérer en toute sécurité, sur votre avenir, avec mon oncle et moi. Mon oncle est aussi puissant qu'un Ministre d'État. Calmez-vous donc, ne grossissez pas votre malheur. Un prêtre dont la tête a blanchi dans l'exercice du sacerdoce n'est pas un enfant, vous serez comprise par celui à qui toutes les passions se sont confiées depuis cinquante ans bientôt et qui pèse dans ses mains le cœur si pesant des rois et des princes. S'il est sévère sous l'étole, mon oncle sera devant vos fleurs aussi doux qu'elles, et indulgent comme son divin maître. » Je quittai la comtesse à minuit, et la laissai calme en apparence mais sombre, et dans des dispositions secrètes qu'aucune perspicacité ne pouvait deviner. Je trouvai le comte à quelques pas, dans la rue Saint-Maur, car il avait quitté l'endroit convenu sur le boulevard, attiré vers moi par une force invincible. – « Quelle nuit la pauvre enfant va passer ? s'écria-t-il quand j'eus fini de lui raconter la scène qui venait d'avoir lieu. Si j'y allais, dit-il, si tout à coup elle me voyait ! – En ce moment, elle est femme à se jeter par la fenêtre, lui répondis-je. La comtesse est de ces Lucrèces qui ne survivent pas à un viol, même quand il vient d'un homme à qui elles se donneraient. – Vous êtes jeune, me répondit-il. Vous ne savez pas que la volonté, dans une âme agitée par de si cruelles délibérations, est comme le flot d'un lac où se passe une tempête, le vent change à toute minute, et le courant est tantôt à une rive, tantôt à une autre. Pendant cette nuit, il y a tout autant de chances pour qu'à ma vue Honorine se jette dans mes bras, que pour la voir sauter par la fenêtre. – Et vous accepteriez cette alternative ? lui dis-je. – Allons, me répondit-il, j'ai chez moi, pour pouvoir attendre jusqu'à demain soir, une dose d'opium que Desplein m'a préparée afin de me faire dormir sans danger ! » Le lendemain, à midi, la Gobain m'apporta une lettre, en me disant que la comtesse, épuisée de fatigue, s'était couchée à six heures et que, grâce à un amandé préparé par le pharmacien, elle dormait.

– Voici cette lettre, j'en ai gardé une copie, car, mademoiselle, dit le consul en s'adressant à Camille Maupin, vous connaissez les ressources de l'art, les ruses du style et les efforts de beaucoup d'écrivains qui ne manquent pas d'habileté dans leurs compositions ; mais vous reconnaîtrez que la littérature ne saurait trouver de tels écrits dans ses entrailles postiches ! Il n'y a rien de terrible comme le vrai. Voilà ce qu'écrivit cette femme, ou plutôt cette douleur :

« Monsieur Maurice,
Je sais tout ce que votre oncle pourrait me dire, il n'est pas plus instruit que ma conscience. La conscience est chez l'homme le truchement de Dieu. Je sais que si je ne me réconcilie pas avec Octave je serai damnée : tel est l'arrêt de la loi religieuse. La loi civile m'ordonne l'obéissance quand même. Si mon mari ne me repousse pas, tout est dit, le monde me tient pour pure, pour vertueuse, quoi que j'aie fait. Oui, le mariage a

cela de sublime que la Société ratifie le pardon du mari ; mais elle a oublié qu'il faut que le pardon soit accepté. Légalement, religieusement, mondainement, je dois revenir à Octave. À ne nous en tenir qu'à la question humaine, n'y a-t-il pas quelque chose de cruel à lui refuser le bonheur, à le priver d'enfants, à effacer sa famille du livre d'or de la pairie ? Mes douleurs, mes répugnances, mes sentiments, tout mon égoïsme (car je me sais égoïste) doit être immolé à la famille. Je serai mère, les caresses de mes enfants essuieront bien des pleurs ! Je serai bien heureuse, je serai certainement honorée, je passerai fière, opulente, dans un brillant équipage ! J'aurai des gens, un hôtel, une maison, je serai la reine d'autant de fêtes qu'il y a de semaines dans l'année. Le monde m'accueillera bien. Enfin je ne remonterai pas dans le ciel du Patriciat, je n'en serai pas même descendue. Ainsi Dieu, la Loi, la Société, tout est d'accord. Contre quoi vous mutinez-vous ? me dit-on du haut du Ciel, de la Chaire, du Tribunal et du Trône dont l'auguste intervention serait au besoin invoquée par le comte. Votre oncle me parlera même au besoin d'une certaine grâce céleste qui m'inondera le cœur alors que j'éprouverai le plaisir d'avoir fait mon devoir. Dieu, la Loi, le Monde, Octave veulent que je vive, n'est-ce pas ? Eh ! bien, s'il n'y a pas d'autre difficulté, ma réponse tranche tout : Je ne vivrai pas ! Je redeviendrai bien blanche, bien innocente, car je serai dans mon linceul, parée de la pâleur irréprochable de la mort. Il n'y a pas là le moindre entêtement de mule. Cet entêtement de mule dont vous m'avez accusée en riant est, chez la femme, l'effet d'une certitude, une vision de l'avenir. Si mon mari, par amour, a la sublime générosité de tout oublier, je n'oublierai point, moi ! L'oubli dépend-il de nous ? Quand une veuve se marie, l'amour en fait une jeune fille, elle épouse un homme aimé ; mais je ne puis pas aimer le comte. Tout est là, voyez-vous ? Chaque fois que mes yeux rencontreront les siens, j'y verrai toujours ma faute, même quand les yeux de mon mari, seront pleins d'amour. La grandeur de sa générosité m'attestera la grandeur de mon crime. Mes regards, toujours inquiets, liront toujours une sentence invisible. J'aurai dans le cœur des souvenirs confus qui se combattront. Jamais le mariage n'éveillera dans mon être les cruelles délices, le délire mortel de la passion ; je tuerai mon mari par ma froideur, par des comparaisons qui se devineront, quoique cachées au fond de ma conscience. Oh ! le jour où, dans une ride du front, dans un regard attristé, dans un geste imperceptible, je saisirai quelque reproche involontaire, réprimé même, rien ne me retiendra : je giserai la tête fracassée sur un pavé que je trouverai plus clément que mon mari. Ma susceptibilité fera peut-être les frais de cette horrible et douce mort. Je mourrai peut-être victime d'une impatience causée à Octave par une affaire, ou trompée par un injuste soupçon. Hélas ! peut-être prendrai-je une preuve d'amour pour une preuve de mépris ? Quel double supplice ! Octave doutera toujours de moi, je douterai toujours de lui. Je lui opposerai, bien involontairement, un rival indigne de lui, un homme que je méprise, mais qui m'a fait connaître des voluptés gravées en traits de feu, dont j'ai honte et dont je me souviens irrésistiblement. Est-ce assez vous ouvrir mon cœur ? Personne, monsieur, ne peut me prouver que l'amour se recommence, car je ne puis et ne veux accepter l'amour de personne. Une jeune fille est comme une fleur qu'on a cueillie ; mais la femme coupable est une fleur sur laquelle on a marché. Vous êtes fleuriste, vous devez savoir s'il est possible de redresser cette tige, de raviver ces couleurs flétries, de ramener la sève dans ces tubes si délicats et dont toute la puissance végétative vient de leur parfaite rectitude… Si quelque botaniste se livrait à cette opération, cet homme de génie effacerait-il les plis de la tunique froissée ? il referait une fleur, il serait Dieu ! Dieu seul peut me refaire ! Je bois la coupe amère des expiations ; mais en la buvant j'ai terriblement épelé cette sentence : Expier n'est pas effacer. Dans mon pavillon, seule, je mange un pain trempé de mes pleurs ; mais personne ne me voit le mangeant, ne me voit pleurant. Rentrer chez Octave ? c'est renoncer aux larmes, mes larmes l'offenseraient. Oh ! monsieur, combien de vertus faut-il fouler aux pieds pour, non pas se donner, mais se rendre à un mari qu'on a trompé ? qui peut les compter ? Dieu seul, car lui seul est le confident et le promoteur de ces horribles délicatesses qui doivent faire pâlir ses anges. Tenez, j'irai plus loin. Une femme a du courage devant un mari qui ne sait rien ; elle déploie alors dans ses hypocrisies une force sauvage, elle trompe pour donner un double bonheur. Mais une mutuelle certitude n'est-elle pas avilissante ? Moi, j'échangerais des humiliations contre des extases ? Octave ne finirait-il point par trouver de la dépravation dans mes consentements ? Le mariage est fondé sur l'estime, sur des sacrifices faits de part et d'autre ; mais ni Octave ni moi nous ne pouvons nous estimer le lendemain de notre réunion : il m'aura déshonorée par quelque amour de vieillard pour une courtisane ; et moi, j'aurai la honte perpétuelle d'être une chose au lieu d'être une Dame. Je ne serai pas la vertu, je serai le plaisir dans sa maison. Voilà les fruits amers d'une faute. Je me suis fait un lit conjugal où je ne puis que me retourner sur des charbons, un lit sans sommeil. Ici, j'ai des heures de tranquillité, des heures pendant lesquelles j'oublie ; mais dans mon hôtel, tout me rappellera la tache qui déshonore ma robe d'épousée. Quand je souffre ici, je bénis mes souffrances, je dis à Dieu : Merci ! Mais chez lui, je serai pleine d'effroi, goûtant des joies qui ne me seront pas dues. Tout ceci, monsieur, n'est pas du raisonnement, c'est le sentiment d'une âme bien vaste, car elle est creusée depuis sept ans par la douleur. Enfin, dois-je vous faire cet épouvantable aveu ? Je me sens toujours le sein mordu par un enfant conçu dans l'ivresse et la joie, dans la croyance au bonheur, par un enfant que j'ai nourri pendant sept mois, de qui je serai grosse toute ma vie. Si de nouveaux enfants puisent en moi leur nourriture, ils boiront des larmes qui, mêlées à mon lait, le feront aigrir. J'ai l'apparence de la légèreté, je vous semble enfant… Oh ! oui, j'ai la mémoire de l'enfant, cette mémoire qui se retrouve aux abords de la tombe. Ainsi, vous le voyez, il n'est pas une situation dans cette belle vie, où le monde et l'amour d'un mari veulent me ramener, qui ne soit fausse, qui ne me cache des piéges, qui ne m'ouvre des précipices où je roule déchirée par des arêtes impitoyables. Voici cinq ans que je voyage dans les landes de mon avenir, sans y trouver une place commode à mon repentir, parce que mon âme est envahie par un vrai repentir. À tout ceci, la Religion a ses réponses, et je les sais par cœur. Ces souffrances, ces difficultés sont ma punition, dit-elle, et Dieu me donnera la force de les supporter. Ceci, monsieur, est une raison pour certaines âmes pieuses, douées d'une énergie qui me manque. Entre l'enfer où Dieu ne m'empêchera pas de le bénir, et l'enfer qui m'attend chez le comte Octave, mon choix est fait.

« Un dernier mot. Mon mari serait encore choisi par moi, si j'étais jeune fille, et que j'eusse mon expérience actuelle ; mais là précisément est la raison de mon refus : je ne veux pas rougir devant cet homme. Comment, je serai toujours à genoux, il sera toujours debout ! Et si nous changeons de posture, je le trouve méprisable. Je ne veux pas être mieux traitée par lui à cause de ma faute. L'ange qui oserait avoir certaines brutalités qu'on se permet de part et d'autre quand on est mutuellement irréprochable, cet ange n'est pas sur la terre, il est au ciel ! Octave est plein de délicatesse, je le sais ; mais il n'y a pas dans cette âme (quelque grande qu'on la fasse, c'est une âme d'homme), de garanties pour la nouvelle existence que je mènerais chez lui. Venez donc me dire où je puis trouver cette solitude, cette paix, ce silence amis des malheurs irréparables et que vous m'avez promis. »

Après avoir pris de cette lettre la copie que voici pour garder ce monument en entier, j'allai rue Payenne. L'inquiétude avait vaincu l'opium. Octave se promenait comme un fou dans son jardin. – « Répondez à cela, lui dis-je en lui donnant la lettre de sa femme. Tâchez de rassurer la Pudeur instruite. C'est un peu plus difficile que de surprendre la Pudeur qui s'ignore et que la Curiosité vous livre. – Elle est à moi !... » s'écria le comte dont la figure exprimait le bonheur à mesure qu'il avançait dans sa lecture. Il me fit signe de la main de le laisser seul, en se sentant observé dans sa joie. Je compris que l'excessive félicité comme l'excessive douleur obéissent aux mêmes lois ; j'allai recevoir madame de Courteville et Amélie, qui dînaient chez le comte ce jour-là. Quelque belle que fût mademoiselle de Courteville, je sentis, en la revoyant, que l'amour a trois faces, et que les femmes qui nous inspirent un amour complet sont bien rares. En comparant involontairement Amélie à Honorine, je trouvais plus de charme à la femme en faute qu'à la jeune fille pure. Pour Honorine, la fidélité n'était pas un devoir, mais la fatalité du cœur ; tandis qu'Amélie allait prononcer d'un air serein des promesses solennelles, sans en connaître la portée ni les obligations. La femme épuisée, quasi morte, la pécheresse à relever me semblait sublime ; elle irritait les générosités naturelles à l'homme, elle demandait au cœur tous ses trésors, à la puissance toutes ses ressources ; elle emplissait la vie, elle y mettait une lutte dans le bonheur ; tandis qu'Amélie, chaste et confiante, allait s'enfermer dans la sphère d'une maternité paisible, où le terre-à-terre devait être la poésie, où mon esprit ne devait trouver ni combat, ni victoire. Entre les plaines de la Champagne et les Alpes neigeuses, orageuses, mais sublimes, quel est le jeune homme qui peut choisir la crayeuse et paisible étendue ? Non, de telles comparaisons sont fatales et mauvaises sur le seuil de la Mairie. Hélas ! il faut avoir expérimenté la vie pour savoir que le mariage exclut la passion, que la Famille ne saurait avoir les orages de l'amour pour base. Après avoir rêvé l'amour impossible avec ses innombrables fantaisies, après avoir savouré les cruelles délices de l'Idéal, j'avais sous les yeux une modeste Réalité. Que voulez-vous, plaignez-moi ! À vingt-cinq ans, je doutai de moi ; mais je pris une résolution virile. J'allai retrouver le comte sous prétexte de l'avertir de l'arrivée de ses cousines, et je le vis redevenu jeune au reflet de ses espérances. – « Qu'avez-vous, Maurice ? me dit-il, frappé de l'altération de mes traits. – Monsieur le comte… – Vous ne m'appelez plus Octave ! vous à qui je devrai la vie, le bonheur. – Mon cher Octave, si vous réussissez à ramener la comtesse à ses devoirs, je l'ai bien étudiée… (Il me regarda comme Othello dut regarder Yago, quand Yago réussit à faire entrer un premier soupçon dans la tête du Maure.) Elle ne doit jamais me revoir, elle doit ignorer que vous avez eu Maurice pour secrétaire, ne prononcez jamais mon nom, que personne ne le lui rappelle, autrement tout serait perdu… Vous m'avez fait nommer Maître des Requêtes, eh bien ! obtenez-moi quelque poste diplomatique à l'étranger, un consulat, et ne pensez plus à me marier avec Amélie… Oh ! soyez sans inquiétude, repris-je en lui voyant faire un haut-le-corps, j'irai jusqu'au bout de mon rôle… – Pauvre enfant !… me dit-il en me prenant la main, me la serrant et réprimant des larmes qui lui mouillèrent les yeux. – Vous m'aviez donné des gants, repris-je en riant, je ne les ai pas mis, voilà tout. » Nous convînmes alors de ce que je devais faire le soir au pavillon où je retournai dans la soirée. Nous étions en août, la journée avait été chaude, orageuse, mais l'orage restait dans l'air, le ciel ressemblait à du cuivre, les parfums des fleurs arrivaient lourds, je me trouvais comme dans une étuve, et me surpris à souhaiter que la comtesse fût partie pour les Indes ; mais elle était en redingote de mousseline blanche attachée avec des nœuds de rubans bleus, coiffée en cheveux, ses boucles crêpées le long de ses joues, assise sur un banc de bois construit en forme de canapé, sous une espèce de bocage, ses pieds sur un petit tabouret de bois, et dépassant de quelques lignes sa robe. Elle ne se leva point, elle me montra de la main une place auprès d'elle en me disant : – « N'est-ce pas que la vie est sans issue pour moi ? – La vie que vous vous êtes faite, lui dis-je, mais non pas celle que je veux vous faire ; car, si vous le voulez, vous pouvez être bien heureuse… – Et comment ? dit-elle. Toute sa personne interrogeait. – Votre lettre est dans les mains du comte. » Honorine se dressa comme une biche surprise, bondit à six pas, marcha, tourna dans le jardin, resta debout pendant quelques moments, et finit par aller s'asseoir seule dans son salon, où je la retrouvai quand je lui eus laissé le temps de s'accoutumer à la douleur de ce coup de poignard. – « Vous ! un ami ! dites un traître, un espion de mon mari, peut-être ? » L'instinct, chez les femmes, équivaut à la perspicacité des grands hommes. – « Il fallait une réponse à votre lettre, n'est-ce pas ? et il n'y avait qu'un seul homme au monde qui pût l'écrire… Vous lirez donc la réponse, chère comtesse, et si vous ne trouvez pas d'issue à la vie après cette lecture, l'espion vous prouvera qu'il est un ami, car je vous mettrai dans un couvent d'où le pouvoir du comte ne vous arrachera pas ; mais, avant d'y aller, écoutons la partie adverse. Il est une loi divine et humaine à laquelle la haine elle-même feint d'obéir, et qui ordonne de ne pas condamner sans entendre la défense. Vous avez jusqu'à présent condamné, comme les enfants, en vous bouchant les oreilles. Un dévouement de sept années a ses droits. Vous lirez donc la réponse que fera votre mari. Je lui ai transmis par mon oncle la copie de votre lettre, et mon oncle lui a demandé quelle serait sa réponse si sa femme lui écrivait une lettre conçue en ces termes. Ainsi vous n'êtes point compromise. Le bonhomme apportera lui-même la lettre du comte.

Devant ce saint homme et devant moi, par dignité pour vous-même, vous devez lire, ou vous ne seriez qu'un enfant mutin et colère. Vous ferez ce sacrifice au monde, à la loi, à Dieu. » Comme elle ne voyait en cette condescendance aucune atteinte à sa volonté de femme, elle y consentit. Tout ce travail de quatre à cinq mois avait été bâti pour cette minute. Mais les pyramides ne se terminent-elles pas par une pointe sur laquelle se pose un oiseau ?... Le comte plaçait toutes ses espérances dans cette heure suprême, et il y était arrivé. Je ne sais rien, dans les souvenirs de toute ma vie, de plus formidable que l'entrée de mon oncle dans ce salon Pompadour à dix heures du soir. Cette tête dont la chevelure d'argent était mise en relief par un vêtement entièrement noir, et cette figure d'un calme divin produisirent un effet magique sur la comtesse Honorine ; elle éprouva la fraîcheur des baumes sur ses blessures, elle fut éclairée par un reflet de cette vertu, brillante sans le savoir. – « Monsieur le curé des Blancs-Manteaux ! dit la Gobain. – Venez-vous, mon cher oncle, avec un message de paix et de bonheur ? lui dis-je. – On trouve toujours le bonheur et la paix en observant les commandements de l'Église, » répondit mon oncle en présentant à la comtesse la lettre suivante.

« Ma chère Honorine,

« Si vous m'aviez fait la grâce de ne pas douter de moi, si vous aviez lu la lettre que je vous écrivais il y a cinq ans, vous vous seriez épargné cinq années de travail inutile et de privations qui m'ont désolé. Je vous y proposais un pacte dont les stipulations détruisent toutes vos craintes et rendent possible notre vie intérieure. J'ai de grands reproches à me faire et j'ai deviné toutes mes fautes en sept années de chagrins. J'ai mal compris le mariage. Je n'ai pas su deviner le danger quand il vous menaçait. Un ange était dans ma maison, le Seigneur m'avait dit : « Garde-le bien ! » le Seigneur a puni la témérité de ma confiance. Vous ne pouvez vous donner un seul coup sans frapper sur moi. Grâce pour moi ! ma chère Honorine. J'avais si bien compris vos susceptibilités que je ne voulais pas vous ramener dans le vieil hôtel de la rue Payenne où je puis demeurer sans vous, mais que je ne saurais revoir avec vous. J'orne avec plaisir une autre maison au faubourg Saint-Honoré dans laquelle je mène en espérance, non pas une femme due à l'ignorance de la vie, acquise par la loi, mais une sœur qui me permettra de déposer sur son front le baiser qu'un père donne à une fille bénie tous les jours. Me destituerez-vous du droit que j'ai su conquérir sur votre désespoir, celui de veiller de plus près à vos besoins, à vos plaisirs, à votre vie même ? Les femmes ont un cœur à elles, toujours plein d'excuses, celui de leur mère ; vous n'avez pas connu d'autre mère que la mienne qui vous aurait ramenée à moi ; mais comment n'avez-vous pas deviné que j'avais pour vous et le cœur de ma mère et celui de la vôtre ! Oui, chère, mon affection n'est ni petite ni chicanière, elle est de celles qui ne laissent pas à la contrariété le temps de plisser le visage d'un enfant adoré. Pour qui prenez-vous le compagnon de votre enfance, Honorine, en le croyant capable d'accepter des baisers tremblants, de se partager entre la joie et l'inquiétude ? Ne craignez pas d'avoir à subir les lamentations d'une passion mendiante, je n'ai voulu de vous qu'après m'être assuré de pouvoir vous laisser dans toute votre liberté. Votre fierté solitaire s'est exagéré les difficultés ; vous pourrez assister à la vie d'un frère ou d'un père sans souffrance et sans joie si vous le voulez ; mais vous ne trouverez autour de vous ni raillerie ni indifférence, ni doute sur les intentions. La chaleur de l'atmosphère où vous vivrez sera toujours égale et douce, sans tempêtes, sans un grain possible. Si, plus tard, après avoir acquis la certitude d'être chez vous comme vous êtes dans votre pavillon, vous voulez y introduire d'autres éléments de bonheur, des plaisirs, des distractions, vous en élargirez le cercle à votre gré. La tendresse d'une mère n'a ni dédain ni pitié ; qu'est-elle ? l'amour sans le désir ; eh bien ! chez moi, l'admiration cachera tous les sentiments où vous voudriez voir des offenses. Nous pouvons ainsi nous trouver nobles tous deux à côté l'un de l'autre. Chez vous, la bienveillance d'une sœur, l'esprit caressant d'une amie peuvent satisfaire l'ambition de celui qui veut être votre compagnon, et vous pourrez mesurer sa tendresse aux efforts qu'il fera pour vous la cacher. Nous n'aurons ni l'un ni l'autre la jalousie de notre passé, car nous pouvons nous reconnaître à l'un et à l'autre assez d'esprit pour ne voir qu'en avant de nous. Donc, vous voilà chez vous, dans votre hôtel, tout ce que vous êtes rue Saint-Maur : inviolable, solitaire, occupée à votre gré, vous conduisant par vos propres lois ; mais vous avez en plus une protection légitime que vous obligez en ce moment aux travaux de l'amour le plus chevaleresque, et la considération qui donne tant de lustre aux femmes, et la fortune qui vous permet d'accomplir tant de bonnes œuvres. Honorine, quand vous voudrez une absolution inutile, vous la viendrez demander ; elle ne vous sera imposée ni par l'Église ni par le Code ; elle dépendra de votre fierté, de votre propre mouvement. Ma femme pouvait avoir à redouter tout ce qui vous effraie ; mais non l'amie et la sœur envers qui je suis tenu de déployer les façons et les recherches de la politesse. Vous voir heureuse suffit à mon bonheur, je l'ai prouvé pendant ces sept années. Ah ! les garanties de ma parole, Honorine, sont dans toutes les fleurs que vous avez faites, précieusement gardées, arrosées de mes larmes et qui sont, comme les quipos des Péruviens, une histoire de nos douleurs. Si ce pacte secret ne vous convenait pas, mon enfant, j'ai prié le saint homme qui se charge de cette lettre de ne pas dire un mot en ma faveur. Je ne veux devoir votre retour ni aux terreurs que vous imprimerait l'Église, ni aux ordres de la loi. Je ne veux recevoir que de vous-même le simple et modeste bonheur que je demande. Si vous persistez à m'imposer la vie sombre et délaissée de tout sourire fraternel que je mène depuis neuf ans, si vous restez dans votre désert, seule et immobile, ma volonté fléchira devant la vôtre. Sachez-le bien : vous ne serez pas plus troublée que vous ne l'avez été jusqu'aujourd'hui. Je ferai donner congé à ce fou qui s'est mêlé de vos affaires, et qui peut-être vous a chagrinée... »

— « Monsieur, dit Honorine en quittant sa lettre, qu'elle mit dans son corsage, et regardant mon oncle, je vous remercie, je profiterai de la permission que me donne monsieur le comte de rester ici... – Ah ! » m'écriai-je. Cette exclamation me valut de mon oncle un regard inquiet, et de la comtesse une œillade malicieuse qui m'éclaira sur ses motifs. Honorine avait voulu savoir si j'étais un comédien, un oiseleur, et j'eus la triste satisfaction de l'abuser par mon exclamation, qui fut un de ces cris du cœur auxquelles les femmes se connaissent si bien. – « Ah ! Maurice, me dit-elle, vous savez aimer, vous ! » L'éclair qui brilla dans mes yeux était une autre réponse qui eût dissipé l'inquiétude de la comtesse si elle en avait conservé. Ainsi le comte se servait de moi jusqu'au dernier moment. Honorine reprit alors la lettre du comte pour la finir. Mon oncle me fit un signe, je me levai. – « Laissons madame, me dit-il. – Vous partez déjà, Maurice ? me dit-elle sans me regarder. Elle se leva, nous suivit en lisant toujours, et, sur le seuil du pavillon, elle me prit la main, me la serra très affectueusement et me dit : – Nous nous reverrons… – Non, répondis-je en lui serrant la main à la faire crier. Vous aimez votre mari ! Demain je pars. » Et je m'en allai précipitamment, laissant mon oncle à qui elle dit : – « Qu'a-t-il donc, votre neveu ? » Le pauvre abbé compléta mon ouvrage en faisant le geste de montrer sa tête et son cœur comme pour dire : « Il est fou, excusez-le, madame ! » avec d'autant plus de vérité qu'il le pensait. Six jours après, je partis avec ma nomination de vice-consul en Espagne, dans une grande ville commerçante où je pouvais en peu de temps me mettre en état de parcourir la carrière consulaire, à laquelle je bornai mon ambition. Après mon installation, je reçus cette lettre du comte.

« Mon cher Maurice, si j'étais heureux je ne vous écrirais point, mais j'ai recommencé une autre vie de douleur : je suis redevenu jeune par le désir, avec toutes les impatiences d'un homme qui passe quarante ans, avec la sagesse du diplomate qui sait modérer sa passion. Quand vous êtes parti, je n'étais pas encore admis dans le pavillon de la rue Saint-Maur, mais une lettre m'avait promis la permission d'y venir, la lettre douce et mélancolique d'une femme qui redoutait les émotions d'une entrevue. Après avoir attendu plus d'un mois, je hasardai de me présenter, en faisant demander par la Gobain si je pouvais être reçu. Je m'assis sur une chaise, dans l'avenue, auprès de la loge, la tête dans les mains, et je restai là près d'une heure. – « Madame a voulu s'habiller, » me dit la Gobain afin de cacher sous une coquetterie honorable pour moi les irrésolutions d'Honorine. Pendant un gros quart d'heure, nous avons été l'un et l'autre affectés d'un tremblement nerveux involontaire, aussi fort que celui qui saisit les orateurs à la tribune, et nous nous adressâmes des phrases effarées comme celles de gens surpris qui simulent une conversation. – « Tenez, Honorine, lui dis-je les yeux pleins de larmes, la glace est rompue, et je suis si tremblant de bonheur, que vous devez me pardonner l'incohérence de mon langage. Ce sera pendant long-temps ainsi. – Il n'y a pas de crime à être amoureux de sa femme, me répondit-elle en souriant forcément. – Accordez-moi la grâce de ne plus travailler comme vous l'avez fait. Je sais par madame Gobain que vous vivez depuis vingt jours de vos économies, vous avez soixante mille francs de rentes à vous, et si vous ne me rendez pas votre cœur, au moins ne me laissez pas votre fortune ! – Il y a long-temps, me dit-elle, que je connais votre bonté… – S'il vous plaisait de rester ici, lui répondis-je, et de garder votre indépendance ; si le plus ardent amour ne trouve pas grâce à vos yeux, ne travaillez plus… » Je lui tendis trois inscriptions de chacune douze mille francs de rentes ; elle les prit, les ouvrit avec indifférence, et après les avoir lues, Maurice, elle ne me jeta qu'un regard pour toute réponse. Ah ! elle avait bien compris que ce n'était pas de l'argent que je lui donnais, mais la liberté. – « Je suis vaincue, me dit-elle en me tendant la main que je baisai, venez me voir autant que vous voudrez. » Ainsi, elle ne m'avait reçu que par violence sur elle-même. Le lendemain je l'ai trouvée armée d'une gaieté fausse, et il a fallu deux mois d'accoutumance avant de lui voir son vrai caractère. Mais ce fut alors comme un mai délicieux, un printemps d'amour qui me donna des joies ineffables ; elle n'avait plus de craintes, elle m'étudiait. Hélas ! quand je lui proposai de passer en Angleterre afin de se réunir ostensiblement avec moi, dans sa maison, de reprendre son rang, d'habiter son nouvel hôtel, elle fut saisie d'effroi. – « Pourquoi ne pas toujours vivre ainsi ? » dit-elle. Je me résignai, sans répondre un mot. Est-ce une expérience ? me demandai-je en la quittant. En venant de chez moi, rue Saint-Maur, je m'animais, les pensées d'amour me gonflaient le cœur, et je me disais comme les jeunes gens : Elle cédera ce soir… Toute cette force factice ou réelle se dissipait à un sourire, à un commandement de ses yeux fiers et calmes que la passion n'altérait point. Ce terrible mot répété par vous : – Lucrèce a écrit avec son sang et son poignard le premier mot de la charte des femmes : Liberté ! me revenait, me glaçait. Je sentais impérieusement combien le consentement d'Honorine était nécessaire, et combien il était impossible de le lui arracher. Devinait-elle ces orages qui m'agitaient aussi bien au retour que pendant l'aller ? Je lui peignis enfin ma situation dans une lettre, en renonçant à lui en parler. Honorine ne me répondit pas, elle resta si triste que je fis comme si je n'avais pas écrit. Je ressentis une peine violente d'avoir pu l'affliger, elle lut dans mon cœur et me pardonna. Vous allez savoir comment. Il y a trois jours elle me reçut, pour la première fois, dans sa chambre bleue et blanche. La chambre était pleine de fleurs, parée, illuminée, Honorine avait fait une toilette qui la rendait ravissante. Ses cheveux encadraient de leurs rouleaux légers cette figure que vous connaissez ; des bruyères du Cap ornaient sa tête ; elle avait une robe de mousseline blanche, une ceinture blanche à longs bouts flottants. Vous savez ce qu'elle est dans cette simplicité ; mais ce jour-là, ce fut une mariée, ce fut l'Honorine des premiers jours. Ma joie fut glacée aussitôt, car la physionomie avait un caractère de gravité terrible, il y avait du feu sous cette glace. – « Octave, me dit-elle, quand vous le voudrez, je serai votre femme ; mais sachez-le bien, cette soumission a ses dangers, je puis me résigner… (Je fis un geste.) – Oui, dit-elle, je vous comprends, la résignation vous offense, et vous voulez ce que je ne puis donner : l'amour ! La religion, la pitié m'ont fait renoncer à mon vœu de solitude, vous êtes ici ! Elle fit une pause. D'abord, reprit-elle, vous n'avez pas demandé plus : maintenant vous voulez votre femme. Eh bien ! je vous rends Honorine telle qu'elle est, et sans vous abuser sur ce qu'elle sera. Que deviendrai-je ? Mère ! je le souhaite. Oh ! croyez-le, je le souhaite vivement. Essayez de me transformer, j'y consens ; mais si je meurs, mon ami, ne maudissez pas ma mémoire, et n'accusez pas d'entêtement ce que je nommerais le culte de l'Idéal, s'il n'était pas plus naturel de nommer le sentiment indéfinissable qui me tuera, le culte du Divin ! L'avenir ne me regardera plus, vous en serez chargé, consultez-vous ?… » Elle s'est alors assise, dans cette pose sereine que vous avez su admirer, et m'a regardé pâlissant sous la douleur qu'elle m'avait causée, j'avais froid dans mon sang. En voyant l'effet de ses paroles, elle m'a pris les mains, les a mises dans les siennes, et m'a dit : « Octave, je t'aime, mais autrement que tu veux être aimé : j'aime ton âme... Mais, sache-le, je t'aime assez pour mourir à ton service, comme une esclave d'Orient, et sans regret. Ce sera mon expiation. » Elle a fait plus, elle s'est mise à genoux sur un coussin, devant moi, et, dans un accès de charité sublime, m'a dit : – « Après tout, peut-être ne mourrai-je pas ?... »

« Voici deux mois que je combats. Que faire ?... j'ai le cœur trop plein, j'ai cherché celui d'un ami pour y jeter ce cri : – Que faire ? »

Je ne répondis rien. Deux mois après les journaux annoncèrent l'arrivée, par un paquebot anglais, de la comtesse Octave rendue à sa famille, après des événements de voyage assez naturellement inventés pour que personne ne les contestât. À mon arrivée à Gênes, je reçus une lettre de faire part de l'heureux accouchement de la comtesse qui donnait un fils à son mari. Je tins la lettre dans mes mains pendant deux heures, sur cette terrasse, assis sur ce banc. Deux mois après, tourmenté par Octave, par messieurs de Grandville et de Sérizy, mes protecteurs, accablé par la perte que je fis de mon oncle, je consentis à me marier.

Six mois après la révolution de juillet, je reçus la lettre que voici et qui finit l'histoire de ce ménage.

« Monsieur Maurice, je meurs, quoique mère, et peut-être parce que je suis mère. J'ai bien joué mon rôle de femme : j'ai trompé mon mari, j'ai eu des joies aussi vraies que les larmes répandues au théâtre par les actrices. Je meurs pour la Société, pour la Famille, pour le Mariage, comme les premiers chrétiens mouraient pour Dieu. Je ne sais pas de quoi je meurs, je le cherche avec bonne foi, car je ne suis pas entêtée ; mais je tiens à vous expliquer mon mal, à vous qui avez amené le chirurgien céleste, votre oncle, à la parole de qui je me suis rendue ; il a été mon confesseur, je l'ai gardé dans sa dernière maladie, et il m'a montré le ciel en m'ordonnant de continuer à faire mon devoir. Et j'ai fait mon devoir. Je ne blâme pas celles

qui oublient, je les admire comme des natures fortes, nécessaires ; mais j'ai l'infirmité du souvenir ! Cet amour de cœur qui nous identifie avec l'homme aimé, je n'ai pu le ressentir deux fois. Jusqu'au dernier moment, vous le savez, j'ai crié dans votre cœur, au confessionnal, à mon mari : « Ayez pitié de moi !... » Tout fut sans pitié. Eh bien ! je meurs. Je meurs en déployant un courage inouï. Jamais courtisane ne fut plus gaie que moi. Mon pauvre Octave est heureux, je laisse son amour se repaître des mirages de mon cœur. À ce jeu terrible je prodigue mes forces, la comédienne est applaudie, fêtée, accablée de fleurs ; mais le rival invisible vient chercher tous les jours sa proie, un lambeau de ma vie. Déchirée, je souris ! Je souris à deux enfants, mais l'aîné, le mort triomphe ! Je vous l'ai déjà dit : l'enfant mort m'appellera, et je vais à lui. L'intimité sans l'amour est une situation où mon âme se déshonore à toute heure. Je ne puis pleurer ni m'abandonner à mes rêveries que seule. Les exigences du monde, celles de ma maison, le soin de mon enfant, celui du bonheur d'Octave ne me laissent pas un instant pour me retremper, pour puiser de la force comme j'en trouvais dans ma solitude. Le qui-vive perpétuel surprend toujours mon cœur en sursaut, je n'ai point su fixer dans mon âme cette vigilance à l'oreille agile, à la parole mensongère, à l'œil de lynx. Ce n'est pas une bouche aimée qui boit mes larmes et qui bénit mes paupières, c'est un mouchoir qui les étanche ; c'est l'eau qui rafraîchit mes yeux enflammés et non des lèvres aimées. Je suis comédienne avec mon âme, et voilà peut-être pourquoi je meurs ! J'enferme le chagrin avec tant de soin qu'il n'en paraît rien au dehors ; il faut bien qu'il ronge quelque chose, il s'attaque à ma vie. J'ai dit aux médecins qui ont découvert mon secret : – Faites-moi mourir d'une maladie plausible, autrement j'entraînerais mon mari. Il est donc convenu entre messieurs Desplein, Bianchon et moi que je meurs d'un ramollissement de je ne sais quel os que la science a parfaitement décrit. Octave se croit adoré ! Me comprenez-vous bien ? Aussi ai-je peur qu'il ne me suive. Je vous écris pour vous prier d'être, dans ce cas, le tuteur du jeune comte. Vous trouverez ci-joint un codicille où j'exprime ce vœu : vous n'en ferez usage qu'au moment où ce serait nécessaire, car peut-être ai-je de la fatuité. Mon dévouement caché laissera peut-être Octave inconsolable, mais vivant ! Pauvre Octave ! je lui souhaite une femme meilleure que moi, car il mérite bien d'être aimé. Puisque mon spirituel espion s'est marié, qu'il se rappelle ce que la fleuriste de la rue Saint-Maur lui lègue ici comme enseignement : Que votre femme soit promptement mère ! Jetez-la dans les matérialités les plus vulgaires du ménage ; empêchez-la de cultiver dans son cœur la mystérieuse fleur de l'Idéal, cette perfection céleste à laquelle j'ai cru, cette fleur enchantée, aux couleurs ardentes, et dont les parfums inspirent le dégoût des réalités. Je suis une sainte Thérèse qui n'a pu se nourrir d'extases, au fond d'un couvent avec le divin Jésus, avec un ange irréprochable, ailé, pour venir et pour s'enfuir à propos. Vous m'avez vue heureuse au milieu de mes fleurs bien-aimées. Je ne vous ai pas tout dit : je voyais l'amour fleurissant sous votre fausse folie, je vous ai caché mes pensées, mes poésies, je ne vous ai pas fait entrer dans mon beau royaume. Enfin, vous aimerez mon enfant pour l'amour de moi, s'il se trouvait un jour sans son pauvre père. Gardez mes secrets comme la tombe me gardera. Ne me pleurez pas : il y a longtemps que je suis morte, si saint Bernard a eu raison de dire qu'il n'y a plus de vie là où il n'y a plus d'amour. »

– Et, dit le Consul en serrant les lettres et refermant à clef le portefeuille, la comtesse est morte.

– Le comte vit-il encore ? demanda l'ambassadeur, car depuis la révolution de juillet il a disparu de la scène politique.

– Vous souvenez-vous, monsieur de Lora, dit le Consul-Général, de m'avoir vu reconduisant au bateau à vapeur…

– Un homme en cheveux blancs, un vieillard ? dit le peintre.

– Un vieillard de quarante-cinq ans, allant demander la santé, des distractions à l'Italie méridionale. Ce vieillard, c'était mon pauvre ami, mon protecteur qui passait par Gênes pour me dire adieu, pour me confier son testament... Il me nomme tuteur de son fils. Je n'ai pas eu besoin de lui dire le vœu d'Honorine.

– Connaissait-il sa position d'assassin ? dit mademoiselle des Touches au baron de l'Hostal.

– Il soupçonne la vérité, répondit le Consul, et c'est là ce qui le tue. Je suis resté sur le bateau à vapeur qui l'emmenait à Naples, jusqu'au delà de la rade, une barque devait me ramener. Nous restâmes pendant quelque temps à nous faire des adieux qui, je le crains, sont éternels. Dieu sait combien l'on aime le confident de notre amour, quand celle qui l'inspirait n'est plus ! – « Cet homme possède, me disait Octave, un charme, il est revêtu d'une auréole. » Arrivés à la proue, le comte regarda la Méditerranée ; il faisait beau par aventure, et, sans doute, ému par ce spectacle, il me légua ces dernières paroles : – « Dans l'intérêt de la nature humaine, ne faudrait-il pas rechercher quelle est cette irrésistible puissance qui nous fait sacrifier au plus fugitif de tous les plaisirs, et malgré notre raison, une divine créature ?... J'ai, dans ma conscience, entendu des cris. Honorine n'a pas crié seule. Et j'ai voulu !... Je suis dévoré de remords ! Je mourais, rue Payenne, des plaisirs que je n'avais pas ; je mourrai en Italie des plaisirs que j'ai goûtés !... D'où vient le désaccord entre deux natures également nobles, j'ose le dire ?

Un profond silence régna sur la terrasse pendant quelques instants.

– Était-elle vertueuse ? demanda le Consul aux deux femmes.

Mademoiselle des Touches se leva, prit le Consul par le bras, fit quelques pas pour s'éloigner, et lui dit : – Les hommes ne sont-ils pas coupables aussi de venir à nous, de faire d'une jeune fille leur femme, en gardant au fond de leurs cœurs d'angéliques images, en nous comparant à des rivales inconnues, à des perfections souvent prises à plus d'un souvenir, et nous trouvant toujours inférieures ?

– Mademoiselle, vous auriez raison si le mariage était fondé sur la passion, et telle a été l'erreur des deux êtres qui bientôt ne seront plus. Le mariage, avec un amour de cœur chez les deux époux, ce serait le paradis.

Mademoiselle des Touches quitta le Consul et fut rejointe par Claude Vignon qui lui dit à l'oreille : – Il est un peu fat, monsieur de l'Hostal.

– Non, répondit-elle en glissant à l'oreille de Claude cette parole, il n'a pas encore deviné qu'Honorine l'aurait aimé. Oh ! fit-elle en voyant venir la consulesse, sa femme l'a écouté, le malheureux !…

Onze heures sonnèrent aux horloges, tous les convives s'en retournèrent à pied, le long de la mer.

– Tout ceci n'est pas la vie, dit mademoiselle des Touches. Cette femme est une des plus rares exceptions et peut-être la plus monstrueuse de l'intelligence, une perle ! La vie se compose d'accidents variés, de douleurs et de plaisirs alternés. Le paradis de Dante, cette sublime expression de l'Idéal, ce bleu constant ne se trouve que dans l'âme, et le demander aux choses de la vie est une volupté contre laquelle proteste à toute heure la Nature. À de telles âmes, les six pieds d'une cellule et un prie-Dieu suffisent.

– Vous avez raison, dit Léon de Lora. Mais, quelque vaurien que je sois, je ne puis m'empêcher d'admirer une femme capable, comme était celle-là, de vivre à côté d'un atelier, sous le toit d'un peintre, sans jamais en descendre, ni voir le monde, ni se crotter dans la rue.

– Ca s'est vu pendant quelques mois, dit Claude Vignon avec une profonde ironie.

– La comtesse Honorine n'est pas la seule de son espèce, répondit l'ambassadeur à mademoiselle des Touches. Un homme, voire même un homme politique, un acerbe écrivain fut l'objet d'un amour de ce genre, et le coup de pistolet qui l'a tué n'a pas atteint que lui : celle qu'il aimait s'est comme cloîtrée.

– Il se trouve donc encore de grandes âmes dans ce siècle ! dit Camille Maupin qui demeura pensive, appuyée au quai, pendant quelques instants.